メディアワークス文庫

拝啓見知らぬ旦那様、離婚していただきますII〈下〉

久川航璃

目　次

主な人物紹介

バイレッタ・スワンガン
洋装店オーナー兼縫製工場長。元ホラント子爵令嬢。

アナルド・スワンガン
戦場の灰色狐《はいいろぎつね》の異名を持つ。陸軍中佐。

ワイナルド・スワンガン
アナルドの父。スワンガン伯爵家の当主。

ミレイナ・スワンガン
アナルドの腹違いの妹。

サミュズ・エトー
ハイレイン商会の会頭。バイレッタの叔父。

ゲイル・アダルティン
元ナリス王国騎士。

モヴリス・ドレスラン
栗毛《くりげ》の悪魔の異名を持つアナルドの上官。

セイルラオ・エルド
若手の商人、バイレッタの元同級生。

アルレヒト・ハウゼ・ヴィ・ナリス
ゲイルの母方の従弟《いとこ》。ナリス王国第三王子。

ウィード・ダルデ
アナルドの元部下。スワンガン家の領地で仕事をしている。

ヤナ・サイトール
アナルドの副官、特務中。陸軍中尉。
ヴォルミ・トルレン
ウィードの同期、特務中。
ケイセティ・クロヤト
既婚者、特務中。
テイラン
宿の主人。
グレメンソ
医者。
白い死神
傭兵《ようへい》国家アミュゼカの工作員兼狙撃手。

継章　北へ

スワンガン伯爵家の義父の執務室を出た途端に、足音荒く廊下を進む。

冷静でいられたようでいて、叩《たた》き付《つ》けるように夫——すでに元夫になるのだろうか——アナルドに宛てた手紙を書きなぐって置いてきたけれど、数歩進んですぐに立ち止まってしまう。

「馬鹿みたい」

ぽつりとつぶやいた言葉は冷えた廊下に、静かに落ちた。

馬鹿みたい。

今度は心の中で繰り返す。

馬鹿みたい、馬鹿みたい、馬鹿みたい——。

義父から見せられた軍からの通告書は、淡々とバイレッタの罪状を書き連ねていた。

隣国のアミュゼカと内通して機密情報を漏洩《ろうえい》している、すなわち国家反逆罪であり、大罪人である。そんな女を嫁として遇している夫も伯爵家も疑いの目を向けられても仕方がない。そのため、アナルド・スワンガン中佐との婚姻を無効とし、縁を切るものとする。

通告書なのだから、一方通行のただの報告書だ。

そこに感情を窺《うかが》うことはできない。

事実無根で、寝耳に水な話であっても、反論すら許されていない。

八年間顔も合わせたことのない名ばかりの夫だった。嫁いだその日に戦場に行って便りの一つもない薄情な夫でもある。

そんな相手と離婚したいと望んで、一ヶ月のおかしな賭けを経て少しだけ、このまま婚姻関係を続けてもいいかと考えていたけれど、先日盛大な口喧嘩《くちげんか》をしてしまった。浮気を疑われて、その上愉快ではないだの、自信がないだのと侮辱された。その後彼は何も告げずに戦地に向かってしまい喧嘩別れのようになったところで、あらぬスパイ容疑をかけられて伯爵家に不利になるだのアナルドの経歴に傷がつくだのという理由で一方的な軍からの離婚の要請が来たのだ。

アナルドの意向でもそうでないにしてもどちらでもよかった。送り付けられた時点で、見限られたのだろう。バイレッタの怒りは再燃して、むしろ悪化したといってもいい。腹立ちに任せて、了承の旨の手紙を送り付けた。

軍からの通告書だとしても、手紙は手紙だ。

彼は疑ったのだろうか。それとも少しは無実を信じてくれたのか。どちらにしても納得しているから、こんな通告書を送り付けてきたということだろうか。

知らなかったということはあるのだろうか。

冷酷と名高い夫が、どこまでも冷静沈着に物事を観察していることを知っている。その上、恐ろしく勘もいい。そんな頭の切れる彼が知らないことなどあり得るのだろうか。

疑問は尽きず、けれど答えは出ないまま思考が空回りする。

少しでも夫からの愛を期待したのが間違いだった。永遠に続くものなど、不変なものなどこの世の中にあるわけがないのに。目まぐるしく変わって、変化して、絶えず流動して形を変えていくのだから。商売人は機微に敏《さと》くなければならない。だからこそ、時流を読み見極めることが何より大切だ。

だというのに、なんて無様なのだろう。

縋《すが》ったわけではないけれど、心を傾けてしまった。そんな自分が本当に愚かで馬鹿みたいだ。結末なんて最初からわかっていた。覚悟だってしていたのに。

気づくかどうかは別にして、一応彼に文句は伝えた。

だから、もう済んだ話だ。バイレッタは基本的に終わったことに長くこだわることがない。さっぱりとした性格で物事を理知的に片づけてしまえば、すぐに次のことにとりかかれる。バイレッタは忙しいのだ。

これを機に商売に専念してもいい。

バイレッタは消えないわだかまりを振り切るようにして、廊下をまた進みだした。


その時は、影響力を深く考えていなかった。

けれど、すぐにバイレッタの秘書のドレクから仕事を断られたと連絡が来た。追い打ちをかけるような仕打ちに、少しだけ心が折れたのは事実。

もともとガイハンダー帝国軍に軍人用のシャツや外套《がいとう》などを納品していた工場を経営していたので、早々に仕事を打ち切られた。スパイ容疑をかけられた女の作ったものなど使えるかと怒鳴られたけれど、バイレッタとしては後ろ暗いところなど何一つとしてない。言いがかりに近い話ではあるものの、無実を証明するのは難しい。取引先は軍だけではないが、いつ他からも取引を打ち切られるかわからない。

結局、ほとぼりが冷めるまで帝都を離れることにした。

やってもいない隣国との密通など撤回のしようもないし、解決の糸口を見つけるのも想像がつかなかった。

けれど今できる仕事といえば、春先からずっと手掛けていた外套に必要な材料を集めることである。外套に使う薬液の粘性を高めて、量産にこぎつけるためにはこのミイルの町の近くに生育しているガイシヤという植物が必要不可欠なのだ。けれどなぜか流通が止まってしまって帝都にいても手に入れることができない。

つまり、はるばる真冬に帝都から離れて北の地に行かなければならなくなったのである。

第四章　死神からの挑戦状

ガイハンダー帝国の帝都は大陸の北方寄りに位置する。都を囲むように聳《そび》える山脈はミッテルホルンと呼ばれ、自然の要塞として都を、ひいては国を守っている。その山々の間の比較的なだらかな地形を利用して開かれた都から北に離れた場所に、小さな町があった。

スワンガン領地からはやや北西寄りで、オールデン伯爵領の端に位置する山間《やまあい》の町ミイルだ。林業と鉱山で生計を立てているので、雪深い冬場はどうしても人気が少なく土地の者くらいしか住んでいない静かな町である。

そんな町の唯一の宿に向かって、バイレッタは足早に先を急いでいた。焦る気持ちを宥《なだ》めつつ、かろうじて雪が避《よ》けてある悪路をブーツを踏みしめて進む。すっかり冷たくなった足先に感覚はほとんどない。

町の通りを歩く人の姿はまばらで、薄暗くなってきたからか皆一様にせわしない雰囲気を背負っている。

予定よりも随分と遅くなってしまった。曇天からはどんどん光が落ちていき、すぐに夕闇に包まれることは簡単に予想できた。帝都と違って街灯などない通りは店先の火が落ちれば真っ暗になってしまうだろう。

バイレッタは町に迫りくるような影となった山々を建物の隙間から眺めつつ、ため息をついた。

――なぜ、振り返ってしまったのだろう。

普段は気にならないはずの腰元に下げた剣がやたら重く感じるほどに、心は沈んでいる。

遠目だったが、あの灰色の髪に、輝くエメラルドグリーンの瞳を見間違えるはずはない。なぜこんなところにいるのかという考えよりも先に、彼だと感じた。

何より、誰よりも整った容貌を持つ男だ。他人の空似などあり得ない。

駐屯先が北だと言っていたから、出先が同じになったのだろうと推測された。追いかけてきたと思われたかもしれないと焦ったところで、先に視線を外したのは向こうだった。

すぐに逸《そ》れた視線に、なぜだか胸が痛んだ。

邂逅《かいこう》は一瞬であったから、気がつかなかったとか。いや、あの目敏い男が見逃すはずがない。つまり、もう別れた妻にはなんの関心もないということだろう。

先だって離縁に承諾したことを思い出しながら、胸に滲《にじ》むのは苦く重苦しい感情だ。離縁を命じてきたのは向こうなのだから、失格の烙印《らくいん》を押されたような気がしてしまうのかもしれない。

そんな自分に気がついて、なんだか無性に腹立たしくなる。

こんな真冬にさらに北上しなければならないのは軍からの通告書のせいだ。おかげで、真冬の行軍にも耐えられる外套の作製しかできることがない。

唯一の仕事が軍用に卸すはずだった外套であるというのは皮肉な話ではある。けれど物自体は良品であると確信している。需要もあるので、何も帝国軍だけに卸さなくてもいい。むしろ、軍になど絶対に卸してやるものかとすら考えている。大量生産を成功させてさっさと完成品を売りさばいてやると意地にもなっているのかもしれない。負けず嫌いに火がついたとも言えた。

軍から送られてきた通告書を思い出しながら、無理やり気分を上向ける。

敵国との密通というスパイ容疑をかけられた末の不名誉な離婚だとしても、最初からバイレッタが望んでいた自由である。婚家に縛られずに仕事に没頭できる日々――。

喜ばしいことであるはずなのに、心はなんだか沈んでいる。

仕事の展望が開けないからだろうか、とも考えていたが、今日アナルドを見かけて少なからず彼のせいでもあるのだと実感した。

愛していると告げた男が手のひらを返すように、離婚を要求してきたからか。けれど最初から相手の心変わりは想定していた。じゃじゃ馬ではねっ返りでひねくれている女など誰が愛してくれるというのか。その上社交界での評判も最悪である。毒婦に悪女で、『閃光《せんこう》の徒花《あだばな》』だなんて二つ名まで拝命している始末だ。

愛は永遠だなんて帝国歌劇の演目のようなものを信じているわけではないし、むしろ愛は熱と同じで熱くともいずれは冷めると思っている。

だからこそ予期して心の防波堤まで設けていたというのに、現実は考えていたよりも残酷らしい。想定よりもはるかに打ちのめされている。

町の食堂でぼんやりと昼食をとってしまったせいで、昼営業の閉まるギリギリまでそこに長居することになった。挙げ句の果てには誰だかわからない連中に追われて、日暮れ前になってもこんな町中を駆け回る破目になってしまった。とっくに宿に着いている時刻だというのに。

どこで目をつけられたのか、午後に入ってからずっと監視されている。アナルドであるはずがないのはわかっている。なぜなら彼は一瞥《いちべつ》しただけですぐに姿を消したのだから。これほど執拗《しつよう》につけ回される理由もないだろう。相手に気がつくのに遅れてしまったから、いつから見られていたのかはわからないけれど、確実につきまとわれている。その気配は複数で、厄介そうな気がするのがますます憂鬱になる理由だ。

宿に向かわず無駄にあちこち歩き回り、今に至る。途切れない気配に、しっかりと自分が目的であると認識して相手を撒《ま》くことにしたが、とにかくしつこい。

だがようやく諦めたのだろうか。耳をそばだてても、後ろから続く足音は聞こえない。自分を注視している気配もない。厄介な者たちを撒けただろうかと一瞬安堵《あんど》したものの、彼らの目的がバイレッタなのだとしたらこのまま宿へ向かうのはよろしくない。けれど、行く当てもないことも確かで。

その上、小さな町なので宿は一つしかない。バイレッタが泊まっている場所などすぐに突き止められるというのにつけ回す理由がわからない。つまり、駆けずり回っただけ徒労に終わったということだろうか。相手もそれに気がついて宿に先回りしている可能性もある。

逡巡《しゅんじゅん》した束《つか》の間《ま》、荒々しい声と重い物がどさりと倒れる音が続く。くぐもった呻《うめ》き声はどうやら男のものだ。

今度はなんだ、と頭を抱えたくなった。

バイレッタを追ってきている者たちとは別件だろうか。

それとも彼女を追っている間に、他のトラブルに巻き込まれたのか。

聞こえなかったふりをしようかとためらっていると、上から男が軽い掛け声とともに飛び降りてきた。濡《ぬ》れた地面に綺麗《きれい》に着地して、顔を上げる。

まさか建物の二階から降ってくるとは！

思わず上を確認して、驚異の身体能力に愕然《がくぜん》とした。

家屋には雪が降り積もり、足場などほとんどない。いったいどこをどう駆けてきたのか想像もつかなかった。

けれど、男はなんでもないように平然とバイレッタに声をかけた。

「やぁ、先ほどぶりだ。立ち止まっているところを見ると、逃げるのはおしまいか？」

乏しい街灯にぼんやりと照らし出されて男の容姿が浮かび上がる。紺に近い藍色の髪に青い瞳を細めて、長身の男がにこやかに笑った。

先ほどと言われても目の前の男と出会った覚えなどない。つまり、バイレッタをつけ回していた相手だろう。

男は彼女を追っていたことを隠すつもりはなくなったようだ。その上、初めから逃がすつもりもなかったに違いない。

　理由はわからないが自分に用事があることは納得したが、バイレッタはイライラと頭に手をやった。

「ああ、もう！　あちらの方はお仲間かしらっ？」

　逃げられないことを悟って、きつく男を睨《にら》みつけながら薄暗い路地裏の奥を指さす。

　三人の男たちに囲まれて、隙間から別の一人が地面に転がっているのが見える。乱暴され蹴られているというのにびくりとも動かない。意識がないのか、動けないほどの怪我《けが》をしているのかは不明だが、一刻を争う事態であることは明白だ。

　男は視線を動かして、のんびりと首を横に振る。

「いや、あれは俺たちとは関係ないなあ」

「わかりましたわ」

　男が答えるのと同時に駆け出して、腰元の剣を抜き放つ。

「なっ、飛び込むとか本気か？」

「帝国軍人のつ――娘ですもの、当然ですわよ」

　男が慌てているのが背後で感じられたが、構うものか。

　そのまま、正面に切りかかり、すぐに後ろに飛びのいて左に切りつける。

「な、何者だっ」

「こいつの仲間かっ」

狼狽《うろた》えた男たちの隙をついて、背後に路地裏に転がっている人物を庇《かば》う形で割り込む。三人に剣を向けて構えれば、正面の男が驚きつつ盛大に顔を顰《しか》めた。

「見ず知らずですけれど、さすがに弱ってる人を数人で取り囲む時点でどっちが正義かくらいはわかりますわ」

「そいつは犯罪者だ、悪いことは言わんから関係ないならさっさと去れ」

犯罪者だと告げられたが、明らかに意識を失っている。病気か怪我かは判断がつきかねたが、多勢に無勢なのは間違いがない。

「どれほどの罪を犯したのかは知りませんけれど、この方は随分と具合が悪そうですよ。治療はしないのですか」

「犯罪者に情けはかけていられないだろう」

「それでは、渡すことはできませんわね」

なけなしの虚勢ではあるけれど、非人道的なことを見過ごすわけにはいかない。犯罪者だというなら、手当てをしてからそれ相応の罰を与えるべきである。

けれど、不意打ちでここまで乱入できたが、剣を構えている三人に隙はない。かなりの手練《てだ》れだと肌で感じる。軍人にしてはどこか粗野な雰囲気を持つけれど腕は確かだ。場慣れもしている。持ちこたえられて、数分といったところか。とてもバイレッタ一人で三人を相手にできるとは思えない。

男たちもバイレッタの剣の腕を察しているのか、落ち着き払っている。どこかで怒ってくれれば油断も生まれるというのに、つけ入る隙がない。

ぐるぐると悩んだところで答えなどわかりきっている。このまま切られて終わるのか。

叔父から後先考えない行動はいつか身を滅ぼすんだと忠告されたことを思い出したが、体が勝手に動いてしまったのだからどうしようもない。商人なら商機を逃すべきではないが、無謀と賭けは別物だと懇々と諭されたけれど、後悔とはそういうものだ。

手詰まりの現状にひやりとした、その時――。

「ヴォルミは左、ケイセティは右だ」

「あいよ」

「はーい」

場違いなほどに呑気《のんき》な相槌《あいづち》が聞こえた瞬間、左右の男たちに黒い翳《かげ》が躍りかかった。

「今度はなんだっ」

正面にいた男が苛立《いらだ》たしげに怒鳴ったが、平坦《へいたん》な低い声がかかる。

「そちらのご婦人に用があるだけだが、邪魔だてするなら容赦はしない」

金に近い琥珀《こはく》の瞳をきらりと光らせて、青年はすらりと腰に下げた剣を抜いた。

穏やかな声音だが、剣を構えた姿は気迫に満ちている。

「ちっ、次から次へと邪魔が入るな。おい、撤収だ」

バイレッタと対峙《たいじ》していた三人は形勢逆転とわかるとあっという間に地面に転がる人物を置いて逃げ出した。そうして、その場に残されたのはバイレッタと新たに現れた三人の男たちだ。そのうちの一人がおもむろに尋ねてきた。

「改めて、スワンガン夫人でよろしいか」

正面に立つ青年は剣を収めながら、問いかけてくる口調に敵意は感じられない。つけ回していた男の一人を従えていることからも、午後からずっとバイレッタを見張っていた連中だと察する。

「ここまで追いかけ回して別人だったら大問題じゃね？」

藍色の髪の男が面白そうに肩を揺らしている。先ほどヴォルミと呼ばれていたほうだ。飛び降りてバイレッタの行く手を阻んだ長身の男でもある。その横では金茶色の髪の小柄な青年が大きな瞳を瞬《しばたた》いてヴォルミを見やった。

「嘘《うそ》でしょ、ヴォルミがそうだって言ったんじゃないか。確信があったわけじゃないの？」

「小隊長殿が言ったんだ、俺じゃない。そもそも最初に追いかけはじめたのはケイセティだろう。お前につられたんだよ、俺は」

「そうやってヴォルミはすぐに僕のせいにする。この前のネズミとりだって逃がしたのは僕のせいじゃないって言ってるのにさ。でも言い出したのが小隊長殿なら安心だね。間違いないでしょう」

「お前たち、少しの間だけ口を閉じていられないか？」

小隊長殿と呼ばれた青年が顔を顰めて呻いている。

絶対にこの人、苦労人だとバイレッタはおかしな確信を持つ。

悪い人たちではなさそうだが、初対面だ。半日ほどつけ回されていたのも知っているので警戒心は残っている。

「私をご存じのようですけれど、知り合いではありませんよね」

スワンガン夫人などと呼ばれるからにはどこかで会っているかもしれないが、バイレッタの記憶にはなかった。

だがヴォルミは両手を広げて口角を上げた。

「あれだよ、友人の友人は友人ってやつさ。つまり、お知り合いではある」

「すぐそうやって綺麗な女の人だと口説こうとするの、ほんと悪い癖だよ」

「うるせえ、お前に独身の気持ちなんかわかりっこないだろう。こんな色気のない職場だぞ、出会いがどれほど大事だと思ってんだ」

「既婚者のご婦人相手に何言ってるんだか。だいたい僕が可愛《かわい》い幼馴染《おさななじ》みを嫁に貰《もら》ったからって毎回毎回僻《ひが》むのはやめてくれないかな。そういうヴォルミだって、南から引き揚げてからずっとお見合いしてたじゃない。需要が増えて引く手数多《あまた》だって鼻の下伸ばしてたくせに。一個もうまくいってないわけ？」

「次から次へと仕事に呼び出されて、どこに女といちゃこらできる時間があるっていうんだよ。見合いなんてな、すぐに立ち消えになるんだ！」

「お前たち、本当にそろそろ黙ろうか……」

とうとう眉間の皺《しわ》をほぐすように揉《も》みだした青年に、バイレッタは完全に同情した。

「あの、確かに私は以前はバイレッタ・スワンガンでしたけれど。すでに離縁が決まっておりますので、ホラントですわ。夫人ではないのですが、それでも私に用事がありますか」

「離縁したって……？」

愕然とした表情で先頭にいた青年がつぶやけば、藍色の髪色の男が吹き出した。

「ぷぷっ、おい聞いたかよ。連隊長殿ってば奥さんに逃げられてやんの」

「ヴォルミ、散々世話になっておいてその言いぐさはどうかと思うよ」

「お前たち、特務中であることを忘れるな。我々の用事があるのは貴女《あなた》で間違いありません」

連隊長殿なんて呼ばれ方をしている男をバイレッタは一人しか知らない。つまり彼らは元夫の差し金か。いずれにせよ、帝国軍人であることはすでにわかってはいたので驚きはない。

足運びや立ち居振る舞いが見慣れた軍人のものと同じだ。

その点、先ほどまで取り囲んでいた男たちはどこか荒々しい雰囲気であったので少なくとも帝国軍人ではないだろう。

「貴方《あなた》がたはどちら様でしょう。今日半日ほどついてこられていましたが、私には用件に全く心当たりがないのですが」

軍人でアナルドとも知り合いということは、バイレッタが敵兵と通じているか監視しに来たのだろうなと思いつつ彼女は首を傾《かし》げてみせた。己に心当たりがないのは事実である。

だがヴォルミが感心したのは別のことだ。

「おお、やっぱりばれてる。ケイセティがくしゃみなんかするからだろう」

「ほら、そうやってすぐに僕のせいにする。ヴォルミが女の人口説くからでしょ」

「だから、一回一回の出会いが大事だって言ってんだろうが！　お前ほんと最近調子乗りやがって。初陣で泣きわめいて逃げ出したこと、あの可愛い嫁さんは知ってんのかよ」

「もちろん、知ってるに決まってるだろ。頑張ったねってなぐさめてくれたさ！」

「このやろ、ほんとお前、そういうところだからな。男の自尊心とかどこやった。可愛がられて喜んでんじゃねえよ。だから、いつまでも坊やって言われてんだからな！」

「僕を坊やなんて言ってるの、ヴォルミだけだからね！」

「我々は少々仕事がありまして、しばらく貴女にご同行させていただきます」

すっかり後ろの二人の言い争いを無視して、慇懃《いんぎん》に青年は頭を下げてみせた。

同行ときたか。

監視を言い換えたところで納得するはずもない。

何より軍から命じられているのだから決定事項なのだろう。もちろん、バイレッタに従う理由はない。

「いえ、無理ですけれど」

「ぶはっ、小隊長殿、速攻で断られてるじゃないですか。さっきからほんと小気味いいなあ」

「胡散臭《うさんくさ》いからじゃないですか。ほら、もっと愛嬌《あいきょう》が必要なんですよ、僕みたいに可愛い笑顔も大事だっていつも言ってるでしょう」

「お前たちは本当に……少しは私に協力したらどうだっ？」

バイレッタは心の中でひそかに小隊長と呼ばれた青年を憐《あわ》れみつつ、頼んでみた。

「ところでお取り込み中のところ申し訳ありませんが、日も暮れてきましたし、この方を診療所まで運んでいただけますでしょうか。なんの御用かはわかりませんが、私に話があるというのなら、そちらで伺うというのはいかがです？」

冷たい道端にいつまでも寝転がっているのを放置するのも、かわいそうだ。せっかく助けたのに、その甲斐《かい》もなくなってしまう。

「お知り合いですか」

「いえ、知りませんが」

小隊長に聞かれるが首を横に振った。フードを目深に被《かぶ》って横たわっているので、顔の判別がつかない。この土地に知り合いがいるかと言われると、宿の主人くらいなのだ。

「知り合いでもないのに、助けるために飛び込んだのか……」

どこかうんざりしたような小隊長の青年の言葉に、ヴォルミが珍しく真剣な様子で口を開いた。

「あいつら、たぶんアミュゼカの傭兵《ようへい》だ。訓練は受けているようだが、仲間内で剣の持ち方がバラバラだったからな。それにしても、こんな麓の町までやってきているとは。偵察だとしたら、そいつもたぶんあちらの関係者だろう」

「犯罪者だとおっしゃられていましたが……」

バイレッタが男たちから聞いたことを告げれば、ケイセティは目を丸くした。

「傭兵の言う犯罪者だなんて碌《ろく》なやつじゃないでしょ。助けたところで厄介事にしかならないと思うけど？」

「帝国軍人ともあろう方が、なんとも非情なお言葉ですわね」

帝国臣民を守るために雄々しく立ち向かえ――などと軍規に記されているはずだがと父の口癖を思い浮かべながら告げればへらっと軽薄な笑顔を向けられた。

「自国民を守る義務はあるけど、こいつがそうだとは思えないだけだよ。内輪揉めかもしれないじゃない。もしくは脱走兵とかさ」

「目の前で放っておくことは私の倫理に反しますので、ひとまず診療所に運んでください。それからゆっくりと考えますわ」

「あんた、後先考えないって言われるタイプだろう」

ヴォルミが面白そうにくつくつと笑って、小隊長を見やる。

「どうします？」

「我々が動かなければ、よそに助けを呼びに行きそうだな。このまま運んでやれ」

「へえへえ。俺はウィードと違って怪力じゃあないんですがね」

よっと掛け声をかけてヴォルミが寝転がっている男を持ち上げた。そのまま慣れた様子で肩に担ぎ上げる。くの字になった男は振動を受けて小さく苦悶《くもん》の声を上げた。両の手はだらりと下がっているが、弱い抵抗を示して揺れる。

「おい、暴れるな。落としちまうぞ」

ヴォルミが告げた名前にふと引っかかりを覚えたが、フードがずれて、くすんだ赤茶色の髪が見えた途端に、疑念は吹き飛んだ。

「エルド様？」

ヴォルミに担がれた大柄な男はセイルラオ・エルドだ。特徴的な三白眼は目を閉じていると随分と印象が変わり年相応の青年に見える。だが先日の夜会で会ったばかりだ、間違えるはずもない。普段は随分と人相が悪く見えるけれど、今は苦悶の表情を浮かべているせいかさらに凶悪に映った。顔には殴られたような痣《あざ》があり、外套から覗《のぞ》く手にもいくつもの小さな傷が見えた。

「やはり、お知り合いですか？」

小隊長がバイレッタに再度確認してくる。

「ええ、まあ……同業者ですね。ですが、こんなところにいる理由はわかりませんし、彼らに追われていたことも見当がつきませんわ」

バイレッタは困惑しながら頷《うなず》いた。

犯罪者だなんて、アミュゼカでいったい何をやらかしたのだろうか。

セイルラオの商売柄、傭兵とはあまり関わり合いがなさそうではあるが。

「『俺のせいじゃない、アイツの指示だ』ってブツブツ言ってるけど？」

セイルラオに耳を寄せていたケイセティが、子供っぽく小首を傾げてみせた。

「犯罪者だっていうんだから、まあ何かやらかしてはいるんだろうが。かなり高い熱があるぞ、医者に見せるなら早くしたほうがいい」

「では目覚めたらこの男に状況を聞くとしよう。もちろん貴女にも話はしっかりと聞いていただきますからね。おい、行くぞ」

小隊長の合図で、ひとまず診療所に向かうことになった。

バイレッタは場所を知らなかったが、彼らは町の地図が頭に入っているかのように、迷いのない足取りで通りを進む。

そんな彼らに足早についていけば、こぢんまりとした家屋の前で立ち止まった。

玄関前には診療所と書かれた看板が打ち付けられていた。漏れ出る灯《あか》りから、中に人がいることがわかる。

粗末な扉を叩けば、男が玄関に一番近い窓から顔を出した。

「急患か？」

「熱があるんだ、診てくれないか」

「軍人なら、軍医に診てもらえ」

一目でセイルラオを担いだヴォルミを軍人と見抜いたことに感嘆する。彼らの格好は普通の町民のようであるのに。剣を持っているから判断されたのだろうか。

それにしても医者の苦々しげな様子はどういうことだ。

帝国軍人は国を守っていると考えられているから、帝国民からそれほど嫌われている存在ではない。むしろ勇猛果敢と憧れられていて、常に自国を脅威から守ってくれる存在で人気は高い。

「この男は民間人だ、軍施設への立ち入りの許可が下りない」

「はあ、わかったわかった。ちょっと待ってろ」

医者は顔を引っ込めて、がたんと大きな音を立てて窓を閉じた。

「随分とあちらに嫌われているようですけど、何をされたのかしら」

「一ヶ月ほど前に山の中腹でちょっと一戦したら、この町の猟師たちを巻き込んじまったらしくて怪我させたんだ……おかげですっかり怒らせちまった」

ヴォルミが全く悪びれもなくぺろっと吐けば、小隊長から短い叱責が飛ぶ。

「おい、ぺらぺらと情報を漏らすな」

「箝口令《かんこうれい》が出ているわけでもないし、この町の人間なら誰でも知ってることでしょうが」

ヴォルミを注意した小隊長に、彼は悪びれなく答えた。その後ろでケイセティが盛大にため息をついた。

「おかげで名物のミートパイを食べ損ねてるんだよね。軍人は寄るなの一点張りで。軍服で町まで来られやしないし民間人のふりまでしたのにさあ。なんでわかるんだろう」

「お前がメッツと行くからだろ。あんなガタイがよくて人相の悪い男が民間人にいてたまるかよ」

ケラケラと笑ったヴォルミにケイセティは今気がついたとばかりにはっとした。帝国軍人は随分と仲がいいのだなと場違いなことを考えた。

そういえば、昼に町の食堂でバイレッタも名物だと勧められたミートパイを食べたけれど、アナルドと遭遇して落ち込んでいたからか、碌に味も覚えていない。

あれが名物だったのか。ならば、もっと味わえばよかった。

「さっさと中に入れ、目立ってしょうがない」

扉がやや乱暴に開けられ、顰めっ面の医者が早口で告げた。ぼさぼさの髪は縺《もつ》れ、やつれた面差しを一層強く印象付ける。目の下の深い隈《くま》も拍車をかけた。年の頃は老年に差し掛かるほどだろうが、随分と草臥《くたび》れているためかなり年嵩《としかさ》に見えた。

その医者の案内に従って中に入れば、すぐに簡素な寝台が置かれた部屋へと通される。診察室のようで、壁に設置された大きな棚には薬品の入った瓶が並べられていた。

「そこに寝かせろ。熱があるって？」

医者が顎をしゃくって示した寝台にセイルラオを寝かせると、彼の外套とシャツをはぎ取って呻いた。

「なんだ傷だらけじゃないか。お前たちがやったのか？」

「彼らではありません。男たちに襲われているところを助けたのです」

バイレッタはすかさず否定したが医者は鼻白んだままだ。

「そうだよ。よほどの理由がない限り、僕たち軍人は民間人に手を出すことを禁じられているからね」

ケイセティが口を尖《とが》らせるが、医者は一蹴した。

「ふん、それを破っておいてよくもそんな口が叩けたもんだ」

「それについての補償は話がついていると聞いているが」

小隊長である男が冷静に返すが、医者は憤慨するだけだ。

「たったあれっぽっちで、何が補償だ。一週間もすれば生活できなくなる」

「まあまあ、その件に関しては俺たちの専門外だから、文句は補償担当に言っておくさ。それより、こいつの具合はどうだ」

ヴォルミのとりなしで医者は改めて満身創痍《そうい》のセイルラオに向き直って、腕を触ったり足を持ち上げたりと身体機能の確認をし出した。体のあちこちに打撲や切り傷などが見られるが表面上の怪我よりも内部のほうがひどいのかもしれない。

「重傷だ。栄養状態も悪いし、腕と肋骨《ろっこつ》は骨が折れてる。しかし傷が多くてよくわからんが発疹《ほっしん》がいくつか出ているぞ。熱があるのは怪我のせいだけじゃないようだな」

「発疹ですか？」

医者の言葉を受けてバイレッタがセイルラオの体を眺めれば、確かにむき出しの肌の上に発赤《ほっせき》が見つかる。

「うつる病気かはまだはっきりせんが、まあこの時期に熱だけならまだしも、発疹とは珍しいな」

しきりに首をひねっている医者に対して、バイレッタはセイルラオの胸元に揺れる木彫りの首飾りを見つめた。ひし形をした木彫りは真ん中に穴が開いているものだ。

これが南で見られる木彫り細工であると知っていた。昔、叔父のサミュズが南方に商売を広げる時にバイレッタに土産としてくれたものとそっくりだったからだ。だがセイルラオが持っている物は随分と古いもので年数を経て艶やかさをまとっていた。

「エルド様は少し前まで南に行っていましたが、関係ありますか」

「南というとルバート領か？」

南の国境沿いの地域の名前を聞いて、バイレッタは首を横に振る。

「メルシマ王国ですね」

さらに南の亜熱帯地域の名前を出せば、医者は目を丸くした。

移動には速い海路でも片道で二ヶ月以上がかかる。そこを一ヶ月で短縮できるようにしたのがセイルラオだ。どのような方法かは決して明かすことはなかったが、おかげで安い綿花が大量に入ってきた。移動に時間がかかれば、それだけ費用はかさむ。費用がかさめば、売値が高くなるのは当然だからだ。

「そりゃまた遠いな。なるほど、それでこの発疹か。言われてみれば、特徴的な薔薇《ばら》模様だな」

「セイーク熱ですか？」

「おや、こんな寒い帝国内でその名前を知っているとは。嬢ちゃんは随分と博識だな」

主に南の亜熱帯地域に生息する虫を媒体に感染する病だ。症状は発疹と発熱、頭痛に体中の痛みになる。人から人にうつる病気ではないし、致死率も高くはないが痛みと発熱が続くと体力が落ちて意識も朦朧《もうろう》とする。特徴的なのは発疹が渦を巻いたように見えることで、薔薇模様と言われている。

「叔父が大陸中で手広く商いをしていますので、他国のことに少し詳しいだけです。私も、商人ですしね」

「ああ、この時季外れに見かけない商人が滞在してるって嬢ちゃんのことか」

「時季外れに来た商人に間違いありませんが、私のことかはわかりませんよ。エルド様も商人仲間ですから。彼がこちらにいたのは知りませんでしたし、この地域の商人の邪魔をしに来たわけではありません。ここにしか生育していない植物が欲しいのです」

「となると、ガイシヤか」

医者は瞬時に察したようだ。

「ええ、その通りです。全く市場に流通しなくなったので原因を調べに来たのですけれど、どなたに聞いてもわからないとしか教えていただけなくて困っていたところですわ」

「あれについては領主から箝口令が出ているからなあ。よそ者には誰も口を割らないだろう」

こちらに来てから薬師《くすし》や店に聞いても何一つとしてガイシヤの情報は得られなかった。なるほど、領主が箝口令を敷いているのなら納得できる。

「やはり領主様が手を打っておられたのですね」

「薬にもなるから一部は卸してもらえるようになったが、どうも大部分は軍に接収されているようだぞ」

なぜ軍が薬草としても名高いガイシヤを必要とするのだろう。

医者の言葉に、バイレッタは入り口付近に黙って立っていた三人を見やった。

「どういうことかご存じでいらっしゃいます？」

「いや、知らない。そもそも、そのガイシヤというのはなんだろうか」

小隊長が答えれば、他の二人も首を傾げている。演技というわけでもなく、本当に知らない様子だ。

「この地域のみに生えている植物です。熱冷ましの効果があるのですが、最近、感染症などの治療薬としても使えることがわかって価値が上がっているのですわ。雪の中でも目立つような赤い草をご覧になられていませんか」

「ああ、あれか。確かに軍の敷地内のあちこちで見かけるな」

ヴォルミの言葉を受けて、やはりと納得する。軍の駐屯地にはあるということか。

「つまり軍の敷地にあるので誰も立ち入れないということでしょうか」

軍の施設は一般人は立ち入り禁止になる。そのため、領主もおいそれと近づけないのだろうか。だとしたら、流通量が止まったことも頷ける。

「生育地は滅多に人が入らん場所だからな、軍が何かするにはうってつけだったのだろうが、儂《わし》らにとっては迷惑なことだ」

バイレッタがまとめれば、医者はふんと鼻を鳴らした。

猟師を巻き込んだだけでなく、医者とも揉めているとはご苦労なことだ。だから、先ほどの対応にもつながるのだろう。この町にいれば、普通に薬として使っていたはずだ。それが急に使えなくなれば不満は募る。

「ですが、領主様が対応してくださっているのではありませんか」

「いや、交渉はうまくいっていないようだな。結局、ガイシヤはほとんど手に入らないままだ」

バイレッタが尋ねると、医者は大きく首を横に振った。

軍が勝手に駐屯地を据えるはずもない。そこに帝国の皇帝の意向はあるとしても領主とも話し合いが設けられているはずだ。旧帝国貴族はそれほどの権力を有している。領主が声をかけて無視されることはまずない。だというのに、ほとんど手に入らないとはおかしな話だ。

離婚する前ならば、義父にでも調べてもらえたが、今はそんな関係でもない。

こんな時にはスワンガン伯爵家の権力を実感する。

けれど、離れてしまったのだから嘆いていても仕方がない。バイレッタが今できることを行うほうがよほど建設的だ。

「それで、エルド様はどうすればよろしいですか。お手伝いしますわ」

「あんたが手伝うって？」

「もちろんです、さあご指示ください」

戸惑った医者に、バイレッタは胸を張って、にっこりと微笑《ほほえ》んだ。

一通りセイルラオの処置を終えて、バイレッタは自身が泊まっている宿へと戻ってきた。ミイルの町のただ一つの宿は、茶色い屋根の赤いレンガ造りの建物だ。古い家屋ではあるものの、きちんと手入れが行き届いているので、汚いといった印象はない。二階建てで部屋は二十に満たない規模だが、隅々まで掃除が行き届いていて清潔だ。手作りのパッチワークキルトが飾られた部屋は、素朴で居心地がいい。各部屋についている木の扉も年季は入っているものの頑丈だ。

今は、泊まっている部屋とは別の一室で、目の前でこんこんと寝込んでいる男を寝台の傍らに置いた椅子に座りながら見守っている。

くすんだ赤茶色の髪の大柄な男――セイルラオだ。こうして目を閉じていると印象が変わる。普段は人相が悪く見えるし、随分と年上に思えた。彼はこれでも同業者であり、バイレッタと同じ年だ。日に焼けた褐色の肌は荒れていて、今は熱のせいで顔色は悪くさらにくすんで映るというのに、目を閉じるだけで落ち着いた精悍《せいかん》さが現れる。

彼の苦労は想像するしかないが、それでもかなり辛酸を舐《な》めたのだと傷だらけの体を見て思った。アミュゼカの傭兵たちに追われていたのだから、相当の危害を加えられたのだろう。彼らはセイルラオを犯罪者だと断じていて、少しも頓着した様子もなかった。何をしたのかは知らないが、あのままでは治るものも治らなかっただろう。それどころか死んでいた可能性が高い。

診療所には泊まり込む設備がなく、いったんセイルラオを宿に連れてきてもらった。その間に、彼は一度も目を覚ますことはなかった。幸いにも宿泊客が多いのは夏であるため、今の時期は部屋だけは空いている。

バイレッタに助けられたのは不本意かもしれないが暴力を振るわれないだけましな環境のはずだ。

「彼の様子はどうですか」

そうしてセイルラオの容態を見守っていると、宿の主人であるテイランが部屋に入ってきた。漆黒の髪に琥珀の瞳の色をした柔和な笑みを絶やさない穏やかな青年だった。

手にはお盆を持っており、水差しとグラスが載っていた。

「お医者様からしばらくは様子を見ようと……何せ直接効果のある薬がないので、怪我の治療と熱冷ましだけいただきました。けれどこれ以上高熱が続くようなら考えたほうがよいとのことでしたわ。長い間無理をしていたようで、内臓機能も随分と落ちているとのことで。とりあえず、今は薬が効いて眠っていますが弱い薬しか使えないらしいのです」

「そうですか、効果のある薬がないとは残念なことですね。ああ、ここにお水を置いておきますよ。目が覚めたらすぐに飲ませてあげてください」

サイドテーブルにお盆を置いて、テイランは心配げに顔を曇らせる。

「薬が効いているというのならすぐに目を覚ますということもないのでしょうね。その間に、バイレッタさんも少しはお休みになられては？　彼は私が見ておきますから。帰ってきてからずっと付き添っておられるでしょう」

「テイランさんにそこまでしてもらうわけにはいきませんわ。ただでさえ、時季外れの客で迷惑ばかりかけていますし」

冬場は閑散とする町の宿が営業していることが珍しい。町の唯一の宿といっても普段は閉められている。そこを頼み込んで開いてもらっている。だというのに、病人とはいえセイルラオを連れ込んだ上に、さらに三人も増えてしまったのだから心苦しいことこの上ない。

「冬場でも全く客が来ないわけではありませんよ。ほら、今も逗留《とうりゅう》中のお客様が何人かいらっしゃいますし」

確かに、バイレッタ以外にもすでにこの宿には冬場に長く逗留している客がいるらしい。姿を見たことはないが狩猟者という話だった。冬山に生息している生き物を狩るために寒さの厳しい今年は少し南に来ることにしたらしい。だから、バイレッタも宿に困ることはなかったので助かった。夜行性で夜に活動して昼には寝ているから見かけないのだと聞いている。

「それに夏場はもっとずっと忙しいですから、これぐらい平気ですよ」

「ありがとうございます。そういえば、彼らはどうしていますか？」

すっかり放置していた三人組を思い浮かべて問いかければ、人の良さそうな笑みを浮かべていたテイランが、気まずげな表情になる。

「また、何かご迷惑を……？」

セイルラオを宿に運んでもらうために、一緒にやってきた三人組はいまだに宿に居座っている。なぜかバイレッタが宿をとっていることが気に入らないらしく、逃走経路の確保がとか防衛上不十分だとか散々テイランに文句をつけた。小さな町の宿にいったいどんな設備を求めているというのかと呆《あき》れつつ、テイランにすぐに謝罪する破目になった。

「あ、いえあの三人は今、下で夕食をとってもらっています。ただ、彼らは軍人ですよね。バイレッタさんと一緒にいるのがなんとも不思議で。護衛ですか？」

「軍人であることは間違いないと思うのですが、彼らがなぜここにいるのかはわからないんですよね。私、軍では重罪人らしいので、逃げないように見張られているのかもしれません」

「バイレッタさんが重罪人？」

テイランは冗談だと受け取ったようで、快活に笑った。

冗談だったらどれほどよかっただろうか、と思いながらバイレッタはこの町に来た時のことを思い出す。

それにしても、帝国陸軍の次の駐屯先がこの町だとは思わなかった。

確かに北隣のアミュゼカが雪山を進軍してきたとは聞いたけれど。テイランの話では半年ほど前から軍人が駐屯していて、一ヶ月ほど前からさらに増員されているとのことだった。

元夫も、そのうちの一人なのだろう。

遠目とはいえ町中で会った時に、あっさりと背を向けてどこかへ行ってしまった男を思い浮かべながら、今更、ショックを受けている自分をバイレッタはあざ笑う。

自分が望んでいたことだ。夫と離婚して自由になる。婚家に縛られることなく、仕事に没頭する。

だというのに、背を向けられただけで裏切られた気がしたのだから呆れ果てるしかない。だから嫌だったのだ。誰かに心を寄せることが。どうしても弱くなった気になる。実際、弱くなった。今まで、そんなことで悩んだことなどなかったのに。

そもそもアナルドと最後に会った時には口論になったほどで、彼は相当怒っていた。もちろんバイレッタだって憤っていた。理不尽に不貞を責められれば、誰でもそうなるだろうとは思う。だからこそ、後味が悪いような気がするのかもしれない。

「バイレッタさん、大丈夫ですか」

黙り込んでしまったバイレッタを気遣うように、テイランが長身を折り曲げて顔を覗き込んでくる。

慌てて苦笑した。

「あ、すみません、少しぼんやりしてしまいました。大丈夫ですわ」

「食べられそうならこちらに夕食をお持ちしますよ」

「そうですね。下も気になりますので、私も下ります」

テイランの穏やかさはなぜか叔父を彷彿《ほうふつ》とさせる。

こちらに来る前に会った際の叔父も相当に心配をしていたなと思い出しながら、彼について部屋を出た。


帝都を発《た》つ前に叔父のサミュズと面会の約束を取り付けた。さすがに何も言わずに姿を消せば大陸中に捜索願いを出されそうだった。身内に大陸中を捜し回られるのも恥ずかしい。安易に想像できる事態ではあるものの、気乗りはしなかった。

案の定、バイレッタから話を聞いた叔父は穏やかさを一変させた。

「なんだって？」

帝都にあるレストランに着いてバイレッタは挨拶も早々に、サミュズに帝都を離れる旨を説明した。多忙な叔父が利用するレストランの一室は人払いがされていて、彼はよく午後のひと時を優雅に過ごす。基本的にはバイレッタ以外の相手がいることもないけれど、今回は内容が内容なので気を遣う。姪《めい》が軍からスパイ容疑をかけられているなど、信用が第一の商人の世界では死活問題につながるからだ。実際に、バイレッタの仕事にまで影響は出ているので、叔父に迷惑をかけるのはもってのほかだ。

けれど、サミュズには一瞬で激高された。一見温和そうにしか見えない叔父は翡翠《ひすい》色の瞳を獰猛《どうもう》に光らせた。

「どうしてバイレッタが……」

「ですから、帝都を離れると言いました」

「そうではないよ、バイレッタ。どうしてスパイ容疑がかかったのかと聞きたいんだ」

「その理由はわかりません。けれど軍から通告書が届いた以上、帝都にとどまるのは危険でしょう？　いつまでもスワンガン伯爵家に残って離縁に承諾していないのかと余計に疑われるのも業腹ですし、何より叔父様の商売に差し支えるのも困りますから」

テーブルに置かれた叔父の手は手入れが行き届いてどこまでも綺麗だ。商人は身だしなみが大事だと常日頃から言い続けているサミュズらしい。けれど、その手が小さく震えているのを見て、バイレッタは心苦しくなった。いつも心配ばかりかけている自覚はあるつもりだ。多少叔父の過保護さはあるものの、今回ばかりは事態が大きいので杞憂《きゆう》だと一笑するのは難しい。

「決めてしまった後で伝えたのは申し訳ありませんでしたが、何分急なことでしたのでお忙しい叔父様の手を煩わせるのもどうかと考えましたの……」

「報告が遅くなったことを怒っているわけじゃあないんだよ。離縁したことは素晴らしいけれど、なぜ君が帝都を出ていく必要があるんだ。スワンガン伯爵家を出るだけでいいなら、私のところにくればいいだろう。もちろん、私が可愛い姪を邪険にするはずがないのはわかっているよね。私の商売に影響するだなんて、そんな些細《ささい》なことを気にする必要などないんだよ。君に使う時間はどんなことだって無駄なことはないのだから」

最大限に甘やかしてくれる叔父を安心させるようにバイレッタは微笑んだ。

「ええ、もちろん叔父様の常日頃のご配慮は承知しておりますが。私が帝都から出てどこへ向かおうとしているのか、耳の早い叔父様がご存じないはずはないと考えるのですけれど？」

上目遣いでサミュズを見つめれば、彼は深々と息を吐いた。

「知っているというのと、実際に当事者から聞くのとでは衝撃が全然違うだろう。君は私に心労をかけるのが楽しいのか？」

「はい、申し訳ありません。叔父様にご心配をおかけするつもりは全くありません」

案の定、サミュズはバイレッタがただ帝都から逃げ出すわけではないことを知っているようだった。彼の情報収集能力は本当に舌を巻くほどに優秀だ。

バイレッタはふざけていた表情を引き締めて、頭を下げる。

これ以上叔父を不快にさせたいわけではないのだ。

「何かあればすぐに頼ってほしいと話していただろう。どうしてこうなるまで放っておいた。たとえ帝国軍を敵に回しても可愛い姪を売るようなことはしないよ」

いつにないほど、真剣に告げられてバイレッタは素直に申し訳ないと反省した。叔父の前でひねくれた性格も多少は鳴りを潜めるのだ。

「叔父様にそんなことはさせられませんわ。今のところは廃業に追い込まれるほどの被害でもありませんし。それに帝都を離れるのは、いい機会でした。ガイシヤをご存じですか」

「北の方でとれる植物だろう。最近はセイーク熱などの薬にもなるとされ、南への出荷が目立つと聞いているが」

「そうです。今作っている服のために、それが大量に必要なんですよ。仕事のために北に向かうだけですから、叔父様に相談するほどのことではないのです」

「バイレッタ……」

叔父はバイレッタの商売の師匠というだけでなく、母へ向ける愛情と同じくらい気持ちを傾けてくれた。身内の中でも一番に可愛がってくれたことを知っている。だからこそ、叔父にはなるべく迷惑をかけたくない。そもそも、被害がないのは確かだ。婚家に離縁されたところで、狼狽えるようなことなど何一つないのだから。

「この時季に雪深い北に向かうだなんて本当に危険だぞ。どうしてもというなら、ハイレイン商会の北回りルートの行商担当と一緒に行ってくれ」

「確かに女の身一つで動くのは危険が増しますので、ありがたいですわ」

バイレッタには身を守るすべがあるといっても、無駄にトラブルを招きたいわけでもない。女の一人旅がどれほど危険であるかは理解しているつもりだ。だからこそ、叔父の親切を無下にするわけもない。

にっこりと微笑めば、叔父は深々とため息をついた。

「本当にいくつになっても心配ばかりかけてくれる。落ち着く日は来るのかな」

「あら、叔父様。お言葉ですけれど、私ほどしっかりした者はいないと自負しているのですけれど？」

胸を張って答えれば、サミュズは翡翠色の瞳を不安げに揺らした。

大商人となって、時に強気に商売に手を出すやり手とは思えない姿に、バイレッタはますます申し訳なくなる。

「君がしっかり者であることはわかっているさ。けれど、それ以上に危ういことも知っているからね」

バイレッタの幼い頃を知っている叔父はなんとも言えない顔をしたまま、条件を出した。

「本当に危ないと思ったら、必ず自分の身の安全を第一に考えるんだよ」


早速、叔父の言いつけを破ってしまったなとバイレッタは苦い気持ちで帝都でのサミュズとの会話を思い出す。助けてくれた三人がいなければどうなっていたかわからない。自棄《やけ》になっているのかもしれないけれど、それがなぜかは考えたくもなかった。

「お、あんたも今から食事か？　ここのトールメンはうまいな！」

テイランとともに階下に下りると、広い部屋につながっている。食堂も兼ねているのだろう。いくつか並んだテーブルの一つで、三人は食事をしていた。バイレッタに気がついたヴォルミがスプーンを持ったままにかりと笑う。

トールメンは帝国の一般的な煮込み料理だ。肉と野菜を香辛料で炒《いた》めて長時間煮込んで作る。大きな具のシチューといった様相だ。帝都でももちろん食べられるが、確かにこの宿で出てくるトールメンはおいしい。バイレッタも宿泊一日目の夕飯に出された時から虜《とりこ》になっていた。

「隠し味が変わってるのか、いつもと味が違うがな」

「ピリリと辛《から》いのがいいよね」

ヴォルミが講釈をたれている横で、ケイセティは大きく頷く。確かに使っている香辛料が独特で、それが深い味わいにつながっている。こういうアレンジの仕方もあるのかと感心したほどだった。

「ここは帝都よりも北にあるので辛い料理が多いのです。バイレッタさんが特にお好きなので、はりきって作ってしまって。お口に合うようでしたらよかった」

「普段食べ慣れないので、逆にはまってしまって。他の方もいらっしゃるのに、テイランさんがたくさん作ってくださるので、ついお言葉に甘えて食べ過ぎてしまいます」

白状すれば、彼の料理はとてもおいしい。宿の料理に期待はしていなかったので嬉《うれ》しい誤算だった。

「喜んで食べてくれる方がいるのは嬉しいので。私のことを知っている方はなぜか躊躇《ちゅうちょ》して食べてくれないので、とても新鮮なんですよ。では、すぐにバイレッタさんの分をお持ちしますね」

なぜテイランのことを知っている者は彼の料理を食べないのだろうか。昔は料理下手だったとか。

テイランは食堂を通って、厨房《ちゅうぼう》へと向かう。それを見送って、バイレッタも彼らの近くの席に着く。

「こんな辺鄙《へんぴ》な町にしちゃ、いい宿だな。軍よりもよほど居心地がいい」

「あそこは新しいだけで、寒いしなんか使いづらいしね。やっぱり家庭的な温かみが大事だよね。椅子に掛けられているキルトとかさ。僕の可愛い奥さんも手先が器用で家でたくさん作ってくれて」

「お前たちは特務中だということを忘れるなよ」

「わかってますって。でも、食事くらい楽しく食べたいじゃないですか。特にこんな美人を前にして食べる食事のうまいことと言ったら！」

のんびりと夕食を食べていた二人に、それまで静かに座っていた小隊長が低く活を入れる。それでも茶化して返すのがヴォルミだ。いつものことなのか、小隊長はあっさりと無視してバイレッタに向き直った。

「食べながらで失礼しますが、改めまして。この度、特務小隊の長を務めますヤナ・サイトールと言います。こっちはヴォルミ・トルレンとケイセティ・クロヤトです。しばらくはお付き合い願います」

サイトールが生真面目に告げれば、ヴォルミがちらりと厨房へと続く扉を窺いながら声を潜めた。

「それで、俺たちが突然やってきても驚いた素振りがないのはどういうことです」

「そちらから通告書をいただきましたので、十分にわかっていますわ。貴方たちが私の監視役だということは。けれど、三人も必要なのですか？」

隣国に内通している疑いをかけられているのはわかっているが、それにしてもただの商人に三人も軍人をつけるほど監視が必要だと思われているのは心外だった。

「は？」

「うん？」

「え？」

バイレッタの疑問に、なぜか三者三様の疑問符が返ってきた。

その上、ヴォルミが片手を上げて、バイレッタを制する。

「ま、待って。ちょっと待って——小隊長、これはいったいどういうこった？　悪くて高飛車で我儘《わがまま》女の相手で、よくて一夜の夢を見られるかもなんて考えていたが、思っていたのと違った方向に話が進んでいないか？　さっきも離縁とか言ってたし」

「そうだよ、僕はてっきり戦闘狂みたいな女王様の相手をするのかと思って恐々としていたのに、考えていた方向が全く違うっていうか、想定事態がおかしいっていうか」

「お前たちは本当に特務をなんだと思っているのかは追々正すとして、だ。私はとりあえずそんな話は聞いていないぞ」

　心底疲れたようにサイトールは重々しく二人に告げた。

「ですよね。あー、これ絶対確認案件ですって。誰が戻るんだ？」

「ええ、せっかく温かい部屋で寝られると思ったのに。僕、絶対に嫌ですよ」

「普通、こういうのは下っ端が行くもんだろうが！　我儘坊やっ」

「我儘じゃないし、正当な権利の主張だし。そもそも、この行き違いを説明するとか、考えただけで恐ろしい——」

　青くなったケイセティが自身の体を抱きしめて震えれば、ヴォルミが大きく頷いて同意を示した。

「だな。というわけで、小隊長殿。ご報告をよろしくお願いしますよ」

「頑張ってくださいね、屍《しかばね》はいつか拾いに行きますんで！」

「おい、お前たちは少しは上官を敬うという心はないのか。そして死地に向かうことは確実なのか……」

「あったり前じゃないですか」

「ですよー」

力なく項垂《うなだ》れた小隊長にヴォルミとケイセティが追い打ちをかけた。話が一段落したようなので、バイレッタは恐る恐る声をかける。

「あの……いったい、なんのお話をされていらっしゃいます？」

「特務なので詳細はお答えできません」

三人の声がきっぱりと揃《そろ》ったのだった。

結局、夕食を食べ終えていた小隊長が渋々出ていった頃、テイランがバイレッタの分の料理を持ってきた。

「あれ、お連れ様はどこかへ出かけられたのですか？」

「朝には戻ってきますので、戸締まりはしちゃって大丈夫ですよ」

ヴォルミが非情なことを言う。

テイランは腑《ふ》に落ちないながらも頷いた。

この町から軍の施設がある山の中腹までは片道一時間ほど進んだところだろう。夜の山は危ないので移動は気軽にすべきではないとは思うが、二人がサイトールを戻ってこないと確信しているところは不思議ではある。

「わ、わかりました。ああ、バイレッタさん。こちらが夕食になります。どうぞ、ごゆっくり」

料理が入った器を置いて、テイランが柔らかく微笑んだ。くゆる湯気が、場をほっこりと和ませた。

「ご主人、おかわりはあるか？」

「あ、僕も欲しいです」

「ええ、ありますよ。では少しお待ちください」

テイランは二人から空になった皿を受け取ると、そのまま厨房へと戻っていく。彼はいつも細々と宿のことで動き回っていてゆっくりしている姿を見たことはない。

「この宿はあのご主人一人でやっているのか？」

姿が見えなくなってから、ヴォルミがバイレッタへと尋ねた。

「冬は彼だけのようです。この宿はおじいさんが経営者らしいのですが、膝が悪いので寒い冬は辛《つら》いらしいのです。町中の道は雪で足場が悪いので暖かい地域へ療養に行っているそうですよ」

「ふうん」

「どうかしましたか」

ヴォルミが思案げにつぶやいたので、バイレッタは尋ねた。

「いや、なんでもない。それより、バイレッタちゃんの楽しい話を聞きたいなあ。ここへは何をしに来たんだ？」

「診療所でも説明しましたが、ガイシヤの流通を調べに来たのです。私の商売の都合上どうしても必要な植物なので」

「軍の敷地内に生えてるとかいうやつか。ということは、軍に掛け合うつもりか」

「その前に、一度領主様へ伺いを立てるつもりですが。一介の商人においそれと会ってくれる方ではないので頭が痛いですね」

オールデン伯爵は物静かな男だが、あまり社交的ではない。よほどの用事がない限り人と会わないことでも有名だ。領地経営は特筆すべきことはないが、とにかく簡単に会える相手でないことは確かだ。

「ああ、そういやそんなことも話していたな？　こんなに美人な商人ならぜひお相手願いたいものだ」

「あー、ヴォルミの悪い癖が出た。真剣に取り合っちゃダメだよ、バイレッタさん」

ケイセティが顔を顰めつつぼやく。

「それより、女の人が単身でこんな北の地にまでやってくるなんて凄《すご》いねえ」

のほほんと気安い口調で話されると、つい警戒が緩む。どこか憎めない雰囲気は全く軍人らしくない。子供っぽい仕草も天真爛漫《てんしんらんまん》といった様子だ。

けれど、うんざりしたようにヴォルミがぼやく。

「気安い雰囲気に騙《だま》されるなよ、ケイセティのほうがずっとタチが悪いんだ」

「人聞き悪いこと言わないでよ」

「本当のことを言っただけだろう」

バイレッタにとってはどっちもどっちだと思うが、軍人が一筋縄でいかないことは重々承知している。

「では、ヴォルミさんは私に何を教えてくださるんですか」

表情は優美な笑みを浮かべてみた。もちろん、計算の上である。

輝くストロベリーブロンドに、宝石以上に煌《きら》めくアメジストの瞳。女神にもたとえられる母譲りの美貌を持つバイレッタだ。社交界で悪女だ毒婦だとどれほど騒がれようとも、美しい容姿に見惚《みと》れない男はいなかった。夜会では下卑た視線をいくつも攫《さら》ったのだから。

外見だけならば、極上だ。

実感するたびに、胸に苦いものが込み上げる。誰もバイレッタの中身など知らない。欲しがらない。

いや、唯一。元夫は面白がっていたようだったけれど、別れた今となってはどうでもいいことだ。

「きっと楽しませてくれるのでしょう？」

苦い気持ちを振り切るように畳みかける言葉をつないで、二人を見つめる。一瞬、ヴォルミの眉間の皺が深く刻まれた。簡単に人を縊《くび》り殺せそうな威圧感が放たれたが、バイレッタは気圧《けお》されないように意志を込めて彼の瞳を見つめ返した。失敗したと悟ったが、時すでに遅しである。

「どういう意味だ？」

「バイレッタさん、この人、わりと軍人に誇りを持ってるから。あんまり挑発するのはお勧めしないよ」

剣呑《けんのん》な様子のヴォルミの横でケラケラとケイセティが笑う。この状況で笑ってみせるあたり確かにタチが悪いと言われるだけはあると納得する。

　怒りで多少口を滑らせてくれないかと期待したが、そう甘くはないらしい。

　バイレッタは苦笑しつつ、肩を竦《すく》めてみせた。

「申し訳ありません、軍での自分の現状を知りたかっただけです。一方的に離縁しろという通告書をいただきまして、商売も同様に突然白紙にされたのです。貴方たちが着ているシャツはうちの工場で作ったものなのですよ？」

「ああ、このシャツ？」

　ケイセティが胸元を引っ張って首を傾げた。

「そうです。襟の部分に刺繍《ししゅう》をしているのですぐにわかりました」

「へえ、これバイレッタさんのところで作ったものなんだ。あったかくて汚れにくくて着心地がよくて凄く好きなんだよね」

「服なんてどれも一緒だろ」

「無頓着なヴォルミは黙っててて。今までの支給品のシャツと全然違うから。それに僕の奥さんが丈夫だから洗濯が楽だって喜んでたよ。乾きも早いんだって。それなのに白紙になったって、じゃあ今後納品されないってことなの、それは困る！」

「ご贔屓《ひいき》いただきありがとうございます。軍での評判も上々だったのに、突然仕事を打ち切られたんですよ。その上こんな監視まで向けられれば探りたくもなりませんか？」

正直に告げれば、ヴォルミは一変して屈託なく笑う。

「ははっ、素直だな。それに噂《うわさ》以上に肝が据わっているらしい。俺に喧嘩を売ってくる女なんてそうそういないぞ」

ひねくれてるだのと散々言われ慣れているバイレッタなので、素直だと評されても困惑しかない。

「どのような噂かは存じませんけれど、買いかぶりすぎだと思いますわ」

「冷血と名高い狐《きつね》を手なずけて、平手打ちくらわせた挙げ句に、クーデターの主犯の爆弾魔に剣だけで対峙した豪傑と聞いているが。なあ、『閃光の徒花』さん？」

「ほ、本当に買いかぶりですわね……」

事実から大きくかけ離れた話に、バイレッタはたじろいだ。

どこから訂正を入れればいいのかわからない。いや、一部は事実であるのでなんとも否定しづらいというのが本当かもしれない。

しかしバイレッタの二つ名はこんなところにまで浸透しているのかと呆れてしまう。

「ベッドの中なら、もっと話してやるが？」

「中佐に報告するからね」

ケイセティがぼそりとつぶやいた途端、淫靡《いんび》な空気は一瞬にして霧散した。

「ば、おまっ、冗談じゃねぇぞ。本気で殺されるから！　中佐がちょっかいかけた中将に嚙《か》みついたって話、お前も知ってんだろうが」

「浮かれて遊んでいる人にはいい薬だよ。この機会にこってり絞られるべきだね」

「ふざけんな！　こんなに紳士に徹してるだろうがっ」

「どこが紳士なんだよ。ほんと、最近の軍規が乱れてるの、どうにかしてほしい。どこ向いても女好きばっかり」

「トップが女の敵ってなくらいの女好きなんだから仕方ないだろうが。そもそもこんな僻地《へきち》に閉じ込めるほうが悪い。ちょっとくらいおいしい思いしたっていいだろうが！　お前、あれだろ。自分が可愛い嫁に会えないから俺の邪魔してんだろう!?」

「同僚の不毛な恋を止めてあげたんじゃないか。むしろ、感謝してほしいくらいだね。はあ、僕ってなんて親切なんだろう。ミイナなら絶対褒めてくれる」

「お前の妄想なんてどうだっていいだよ！」

「なんでヴォルミに、僕の可愛い奥さんをけなされなきゃいけないわけ？」

喧々囂々《けんけんごうごう》。息継ぎの間もないほどに言い合う二人を眺めてバイレッタはただひたすらに疲れを感じた。いつもならば、それほど気にならないのに。けれど、今日一日の疲労感がのしかかってくる。さすがにいろいろなことがありすぎた。

ここ数週間の怒濤《どとう》の出来事が、走馬灯のようによぎってバイレッタは深々と息を吐いた。

軍の通告書を貰ってスワンガン伯爵家を出て、叔父の条件通りに北に向かう商隊とともに移動する。あちこちの町に寄って商売を手伝うのは面白かったけれど、行商に慣れないうちにこの町に着いてしまった。ここに来てからはガイシヤの流通について調べていたが、ヴォルミたち三人に捕まり、セイルラオの治療まで付き添った。

さすがに働きすぎではないだろうか。

「本当に挨拶みたいなもんなんだ。どうせ聞き流されるってわかっていたしな。あんたのことは聞いていたから」

いつの間にか話はバイレッタのことに戻っていた。

ヴォルミに話しかけられて、はっとする。

彼は誰にバイレッタのことを聞いたというのか。

思い浮かべた姿に、どうしようもなく胸が塞いだ。

自覚した途端、打ち消す間もなく感情が込み上げてくる。押し殺して、眠らせて、奥底に閉じ込めていた気持ちなのだ。だというのに、確信が胸を焦がす。

甘くて痛い。そしてなんだか泣きたいほどに重苦しい。

もう関係なくなって失われたもの。なのに、妙に生々しく、存在を主張するかのように強い。まるで彼のようにタチが悪い。

こんな感情を自分は知らないはずなのに。

「南部の後すぐに、スワンガン領地に行ったんだ。そこでウィードに会ってさ」

「ウィードさん？」

意外な名前に、バイレッタは思わず瞬《まばた》きを繰り返した。

彼はアナルドの元部下で、怪我をして除隊してからはスワンガン領地で水防工事に明け暮れている。一度、スワンガン領地で会ったことがある。元夫の彼への態度は辛辣だったけれど、それほど悪い人という印象はない。

「俺、ウィードと同期なんだよ。ま、あっちのほうが階級はかなり上なんだけど、仲はよかったんだ。南部で同じ部隊にいたこともあるし。だから、あいつが除隊したって聞いて会いに行ったんだ。そん時に、連隊長殿の嫁は相当に気が強いって聞いてたから楽しみにしてたんだよな」

「ほんと女泣かせだったよね。悪友二人がつるんでいろんな町の女の子にちょっかい出してはひと騒動起こしてさ……悪夢だよねえ」

「うるせえ、俺のことはいいんだよ。そんなことより、バイレッタちゃんは誰から聞いたと思ったんだ？」

　ニヤニヤと人の悪い笑みを浮かべた男は、確かにウィードと似たように意地が悪い。どこか人を食ったような態度は似た者同士に思える。

「だ、誰ということはありません」

　取り繕ってみても、見透かしたかのようにヴォルミは笑う。

「なるほど、これはそそられるな。連隊長殿が嵌《は》まるわけだ」

「アナルド様とは言っておりませんが」

　慌てて言い添えれば、ヴォルミが盛大に吹き出した。

「ぶふっ、たぶん、そういうところだろ。しっかし連隊長が口説いてる姿なんて想像もできないな。あんな人形みたいな顔で、どんな情熱的なこと言われるんだか」

「何言ってるの、中佐が変わったって騒いでた筆頭のくせに」

「無表情の冷血狐が食堂で手紙眺めて微笑んでいたら、さすがに震撼《しんかん》するだろうが。お前だって浮かれて廊下歩いているの見たって言ってたじゃないか」

「明らかに叩かれた頬を押さえながらうっとりしてる上官なんて見たら、当然人に話したくなるじゃない。そのまま会議に出るからあっという間に広まってて、なぜか僕が質問攻めにされたんだから。はた迷惑な上司だよね」

誰の話だろうか。

いくつかは心当たりのある単語が聞こえるが、まさかバイレッタが考えている人物と同一人物なのだろうか。

「祝勝会の後も詰めかける部下を随分と気さくに返り討ちにしたって聞いたぞ。以前の中佐はほとんど官舎に籠もって出てこなかったし、部下とも気軽に話すこともなかったってのにな。何より近寄りがたい空気が凄《すさ》まじかった」

「そうなんですか？」

バイレッタと出会う前のアナルドのことなど知る由もない。だが部屋に閉じ籠もってひっそりと一日を過ごしている姿は想像ができない。思わず眉根を寄せれば、ヴォルミは吹き出した。

「冷血狐なんて敵軍だけでなく味方にだって呼ばれてた男だぞ。今では影も形もないけれど。少し前に小隊長に帝国歌劇の予約の仕方を聞いて困らせてたって噂にもなっていたしな。妻とデートだって随分浮かれてたってさ」

そんなに楽しみにしていたのか。結局ミレイナと三人で出かけることになったが、アナルドはそれについて言及することはなかった。けれど、鬱屈した何かを抱えていたのかもしれない。

だから、軍から命じられた離婚にあっさりと同意したのだろうか。

彼の胸中など考えたところで何一つわからない。

「あちこちで嫁自慢してるって噂もある。まあこれは噂だけじゃなくて俺たちにもしょっちゅう仕掛けられてるんだけどさ。ララバイ——子守歌にだってあるだろう。病気で退役した軍人に女神が慈愛深く歌う安穏の子守歌。バイレッタちゃんも軍人一家の娘なら聞いたことあるんじゃないか？」

遠い地に遠征に行った男が大怪我を負い、故郷に戻って自室のベッドに横たわると夢に女神が現れて安寧を与えてくれるといった内容の子守歌だ。帝国軍人である父はよく雄々しく戦地で散っていきたいと語っていたものだが、最後には家に戻って子守歌の女神のように母に労《いたわ》ってほしいとも話していた。母を溺愛している父らしいと呆れたものだったが、軍人にとっては一般的な憧れなのかもしれない。

「さしずめ、連隊長にとってはあんたが子守歌の女神様なんだろう」

「よしてください。そんなわけないじゃないですか」

そんな御大層な女神なら、軍の命令だとはいえあっさりと離縁されることはないはずだ。現状、バイレッタが一人でいることがすべてを物語っている。

きっぱりと否定したが心底楽しげな様子のヴォルミの横で、ケイセティも穏やかな笑みを浮かべている。

「僕、思うんだけど。きっとバイレッタさんたちは圧倒的に会話が足りないんじゃないかな。あの連隊長殿ならまあ納得だけれど。やっぱりお互いに一緒にいるためには意思疎通のための会話が重要かな。これ、既婚者である僕からの適切な助言だと思うよ？」

◆◆

ガイハンダー帝国の帝国陸軍第三方面の駐屯地は、現在新設された支部にある。ミイルの町から山に向かった中腹のやや開けた場所であるものの、地元の人間も猟師などの用のある者しか踏み込まない位置だ。特に冬の雪山など天候が変わりやすいので、よほどのことがない限り近づく者はいない。

そんな陸の孤島のような閉鎖空間の仕事用として与えられた一室で、アナルド・スワンガンは眉間に皺を寄せていた。

冷血、冷徹、無表情と散々周囲から指摘されている彼にしては珍しいことではあるけれど、実は嫁が関わると表情が動くということは彼自身にも自覚はある。

組まれた腕は解《ほど》かれることはなく、長い人差し指が苛立たしげなリズムをとり、時間の経過を示している。

アナルドはただじっと目の前の机の上に置かれた書簡を眺めている。

思考することはどちらかといえば好きではあるが、与えられた課題が難問すぎて手に負えない。彼を困らせているのは本日届いたばかりの二通の手紙だ。本当は三通目があるのだが、そちらについては後回しで構わない内容だったので割愛している。どこぞの王族のお願いなど、今のアナルドが急いで叶《かな》える必要もない。

とにかく、目の前の二通に集中していた。

一つは父であり、スワンガン伯爵家当主ワイナルドからのもの。

偏屈な父とはあまり会話らしい会話をした覚えはない。けれど、妻ができてからはこれまでの穴を埋めるように言葉を交わす機会が増えた。特に喜ばしいという感情はないけれど。

そしてもう一方は、同じく仲がそれほどよくない妹であるミレイナからのものだ。

そもそもアナルド宛てにバイレッタ以外の家族から手紙が届くことは珍しい。記憶にある限り初めてのことではないだろうか。だというのに、困惑の種になっているのだから、妻以外の家族からの手紙は厄介なことなのだなと漠然と考える。

　父からの手紙はスワンガン領地の仕事の話に終始している。先月壊れた堤防の補修費用、窓ガラスの修理代、果ては街道の整備費用の見積もりまで内容は多岐にわたり、忙しいと訴えてくる。これは本当に自分に宛てた手紙なのだろうかと一瞬訝《いぶか》しんだものの、それもこれもどれも、バイレッタがいなくなったせいであると滔々《とうとう》と文句を書《か》き綴《つづ》っていたので納得した。

　妻であるバイレッタがアミュゼカと密通しているとスパイ容疑をかけられ、伯爵家取り潰しの噂を流された。軍からの通告書で離縁を求められたため、指示通りに彼女を手放したが、今すぐに連れ戻せとの命令文だった。

　簡単に連れ戻せと言うくらいなら、なんとしてでも引き留めてくれればよかったのだが。相変わらず横暴な父らしい文言ではある。けれど、見え隠れしているのは彼女の様子を知りたいと安否を気遣う気持ちであるので、苦笑するしかない。素直でない性格であることはそれほど会話のない息子でも知っていることだ。

　問題は妹からの手紙である。

「生き生きしている妻を見守りつつ眺めるのは心躍ることですが、妹からの警告が適切な助言とは思えないのが問題ですかね」

バイレッタを実兄以上に慕っているミレイナはこの度の離婚に賛成であること、とにかく、このままバイレッタを自由にさせろと念を押してきた。ついでに言えば、アナルドの駐屯先がここであることをバイレッタは知らない可能性のほうが高いので、くれぐれも追いかけてきたのだと勘違いするなという忠告も含んでいる。偶然でたまたまで全くなんの意図も込められていないし、別れた夫への未練なんてこれっぽっちもないと繰り返し綴られている手紙の内容になぜかアナルドは落ち込んだ。気分が沈んだのを落ち込むというのなら、そうなのだろうと思うくらいにはへこんだ。

今朝、隣国アミュゼカの兵士がミイルの町に潜伏しているかもしれないという情報を摑《つか》んで見回りに行った際に、バイレッタを見かけた。

ありもしない妻の姿に、思わず凝視してしまったが仕事を思い出して、慌てて視線を外した。浮ついた気持ちでその後、妻の行動を部下たちに追わせたが、それは妹の指摘したように追いかけるという行為に相当するのだろうか。

もちろんアナルドはモヴリスに、妻が隣国とのスパイ容疑をかけられたため離婚するようにと告げられた時から妻を疑ったことなど何一つない。彼女の性格上、向こうから一方的に慕われることはあっても、妻が意図して密通するとは考えていない。けれど、この意図していない妻の行動に対しては多少疑ってもいる。

なんせ妻は行動的で、仕事に関しては精力的だ。その上、他人が困っていると放っておけないお人よしで、大抵のことは解決できるほどに優秀でもある。

つまり、とにかく頼りにされて尽力することで無意識に人に好かれて、よくわからない信奉者を方々に作っているのだ。妻のそんな性質と周囲の人間の何かが絡み合って今回のスパイ容疑につながったというのなら、正直アナルドが多少調べたところで妻の無実を証明するのはとても難しい。とにかく、今は時間が必要だ。

だというのに、バイレッタが不快に感じたかもしれないと想像すると、そんな意図はないのだと弁解したくなるのだが、それを弁解するためには会いに行かなければならず、そうするとまた妹の指摘した行為になる。悪循環だ。

帝都にいるはずの妻を、仕事先で見かけた浮ついた気持ちも瞬時に霧散した。

おかげで、こうして困り果てているというわけである。

そもそも、妻とは賭けという名の遊びをしているのだが、なぜ小さな賭けにこだわるのかといえば、最初に離婚を切り出された時にした最低の賭けをアナルドは今、ものの凄く後悔しているからだ。

友人に指摘されこっぴどく叱られた挙げ句に、しっかりと謝罪しろとまで言われたほどの案件だ。愛妻家の友人が激怒に近い形で叱ってくるということはよほどやらかしてしまったのだろう。妻が悪女であるという噂を鵜呑《うの》みにして、その上父の愛人だと思っていたから嫌がらせの意味も込めて申し出た賭けだったけれど、彼女は潔白で単なる噂でしかなかったのだからアナルドの行いはどこまでいっても最低だったと言わざるを得ない。どれほど弁護したところで、謝罪一辺倒だと理解している。だからこそ機会があればぜひとも謝ろうとは思っている。

それを踏まえた上で、友人は妻と仲を深めるための遊びを提案してきたのだ。

最初の賭けを払拭するためにも、重くない内容でなおかつ気軽に楽しめるものを考え抜いた結果である。

つまり、これは接待なのだ。相手に快く勝ってもらわなければならない。前回はお膳立てしたにもかかわらず、不本意にアナルドが勝ってしまった。結局、妻の行きたいと願う場所に一緒に出かけたが、デートに浮かれてしまったアナルドは最終的にミレイナに女心が全くわからない朴念仁であるとの烙印を押されて終わってしまった。

そのため、再度巡ってきたチャンスを逃すつもりはない。次こそは妻が勝つべきであり、そのための算段はばっちりだ。今回の賭けは次に会った時に、絶対にバイレッタが言わなさそうな『会いたかった』という言葉を言ってもらうというものだ。正直、バイレッタから言われれば嬉しいとは思うけれど、あくまでも接待の遊びなので、アナルドの感情は二の次である。

そこまで思考を流転させて、はたと気がついた。

そういえば報告に来た部下からの反応がない。こうして相談しているのだから、第三者からの適切な助言をいただきたいものだ。

「どう思います？」

アナルドの目の前には立ち尽くしたまま自分を見下ろしているサイトールの姿がある。落ち着いている部下は普段通りに振る舞おうとしているが、なぜか盛大に失敗し戸惑っているようにも見える。

優秀な部下であることは間違いがない。以前に一度裏切られているものの、それでも信頼しているからこそ、今回の件を任せたというのに。

「どうかしましたか？」

「あ、いえ、その……」

彼は言い淀《いよど》んで、目を伏せた。焦る雰囲気が伝わってきて、ますます不思議になる。

「貴方の目から見て、妻の様子はどうでしたか」

「報告の内容をお聞きになられていましたか……」

ためらいがちにサイトールが口を開けば、アナルドはしっかりと頷いた。

先ほど聞いたばかりだ。

しかも眠っていたわけではないので、内容も覚えている。

バイレッタがアナルドの部下を監視のために配置したと勘違いしていること。また、離婚についても受け入れて、この町には仕事で滞在していること。

最愛の妻が隣国とのスパイ容疑をかけられ、軍からは離縁を命じられているのはアナルドの直属の上司であるモヴリスから説明を受けた。その後で、アナルドは上司にばれないように水面下で事態を把握するために動いている。いったんは受け入れたように見せかけているので、妻が離縁について理解しているというのは状況的にはありがたいことではある。納得はできるけれど、やはりどこかで沈んだ気持ちになるのも事実で。

そこに拍車をかけるように部下まで落ち込んでいれば、サイトールはいったい何を不安がっているのかと不思議にもなる。

「もちろん。バイレッタが貴方たちのことを容疑者の監視だと勘違いしていることはわかりました。俺と離縁したものと思い込んでいることも。ですから、父と妹のどちらの助言を受け入れるべきかで悩んでいるのですが。そして先ほどから相談しているのです。どうすれば、妻の機嫌は直ると思いますか」

呆れたようにサイトールを見やれば彼は一言ぽつりと返した。

「……わかりません」

優秀な部下は、恋愛事には疎いようだとアナルドは認識したのだった。

◆　◆

セイルラオは寝ては少しだけ目を覚ますという状態が続いた。けれど意識はぼんやりとしているようで、話らしい話をすることもなかった。時折譫言《うわごと》をつぶやいては、目を閉じる。そんな日が続いている。

バイレッタは三日に一度程度に、ミイルの診療所にセイルラオの薬を取りに来ていた。比較的雪の少ない穏やかな日を選んで動いているが、ついてくる三人からは常に渋い顔をされる。ならばついてこなければいいと思うのだが、そういうわけにもいかないらしい。ここに用事があるし、逃亡を図るつもりはないと散々言っても、聞き入れてもらえない。

軍人相手に甘いことを言っても仕方ないとはわかっているので、バイレッタも行動を変えるつもりはなかった。

そうして診療所に今も薬を取りにやってきている。

「しばらく熱がある状態で放置していたのかもしれんな。症状が重症化している」

町医者はグレメンソと名乗った。この町で生まれて帝都で勉強して医者になり、こうして戻ってきて開業したとのことだった。帝都にいたのはバイレッタが生まれるよりも前のことで、都の様子を話せばそんなに変わったのかと懐かしそうに笑う。

軍人には厳しい表情も多いが、バイレッタに向ける顔はどこまでも穏やかだ。

そのため特務中と言い張る三人は居心地が悪いようだった。それでもバイレッタの傍《そば》からは決して離れようとはしなかったが。

セイルラオの症状はよくならず、バイレッタは追加の薬を取りに行くついでに診療所の手伝いをすることにした。グレメンソは好きにしろと言っているが、圧倒的に人の手が足りていない。

最初にセイルラオを運んだ夜にも随分と疲れが見えたが、実際に相当疲れていたらしい。町の住人は冬はあまり出歩かないと考えていたが、意外に患者が多い。雪道で滑って転んだだのの軽い怪我や熱冷ましなどの病気が増える。その上、もともといた手伝いの年配の看護師は腰を痛めて動けないらしい。

実はバイレッタの手がありがたいと思われているのを知っている。ただ素直でない性格と、自分についてくる軍人たちが気に入らないのだろう。

「最初の頃に比べれば容態は随分と落ち着きましたが」

「あれだけの怪我をしていたんだから、さすがに外見が治れば容態はよくなるように見えるんじゃない？」

今日のバイレッタの監視はケイセティだ。宿にヴォルミとサイトールの姿はあったので後から合流するのかもしれないが。彼は部屋の入り口近くの壁に寄りかかるように立ったまま、のんびりと答えた。

「確かに、体の傷が癒えてきて、少し体力を取り戻したかもしれんが、まだまだ油断はできないな。結局、なぜアミュゼカの兵士に襲われていたのかはわかったのか？」

「わかりませんでした。本人に聞くほうが早いと思いますが、まだそれほど話せる状態でもないので……」

果たしてセイルラオが目覚めたところで素直に白状するとも思えないが、今のところ彼の状況を知る手立てがないのも事実だ。

「ケイセティさんたちも教えてはくれませんし」

「特務とは関係ないことだけはわかってるから。関係ない業務はしないいんだよ」

ケイセティは愛嬌はあるが、やはり軍人らしく隙がない。線引きされているようで、立ち入れない雰囲気を出されると、バイレッタとしてもどうにもできない。

行動に制限はされないが、つきまとわれているのも事実なので、結局は会話することもあるが、気が許せるかというとそこまでもない。できるだけいないものとして扱うように心がけてはいるのだが。

消毒液を普段使いの瓶に移し替えていると、診察用の椅子に座ったグレメンソがぽつりとこぼした。

「軍のやつらが来てから、随分町の雰囲気は変わっちまった」

「最初から敵兵が入り込んでいたかもしれないけど？」

呆れたように告げたケイセティの言葉は随分と辛辣に聞こえた。だが、グレメンソは気にした素振りもなくふんと力なく鼻を鳴らした。

「こんな狭い町だぞ、よそ者が入り込んだらすぐに噂になる。宿の息子が戻ってきた時だって、次の日には町中に知れ渡っていたっていうのに」

「宿の息子ってテイランさんですか？」

「町を嫌って飛び出していったきり長い間音信不通だって話だったのに、宿の親父《おやじ》が娘を連れていなくなった途端に戻ってくるんだから大騒ぎだ。冬場の客なんてほとんどないからって療養に出かけてったが、それをわかってたんだな」

「そんな放蕩《ほうとう》息子には見えないけど。料理だって上手だし」

「確かに雰囲気は変わったか？　まあ長い間放浪していたようだし仕方ないのかもな。あそこは親父も料理上手だから、いなくなった息子が腕を継いだんだろう。娘のほうはあんまり料理が上手じゃないって宿の親父は嘆いていたから——って宿の息子はどうでもいい。平和でのんびりした町に争いごとを持ってきやがって」

「だから、それって本当に僕たちのせいなのかなって」

「軍が山ん中にでっかい建物を建ててからおかしなことばっかり起きやがる」

吐き捨てるようにつぶやいたグレメンソの声はどこまでも苦々しい。町の唯一の医者として日々治療に当たっているのだから憤りもひとしおなのだろう。

「ガイシヤの流通を止めているのも何かの作戦の一環とかでしょうか」

「この前も聞かれたから、小隊長がいろいろと調べてくれているけれど、そもそもガイシヤとかいう植物は関係ないみたいなんだけど、関係あるみたい？」

ケイセティがなぞなぞのような言葉を吐いたので、バイレッタは困惑した。

「どういうことですか」

「最初、あの施設を建てた時の目的は別だったんだけど、最近はそのガイシヤに注目してるみたいな？　後から召集された組には、仔細《しさい》の説明がないんだよね。というか、上層部も把握していないような不気味さもあるんだけど」

うーんと首を大きく傾げて、ケイセティが説明する。ただし、本人もよくわかっていないようだ。

「そもそもなんの施設なんです？」

防衛目的の砦《とりで》や駐屯地として建てられたとしても、位置がよくわからない。アミュゼカが攻めてくる想定をして建てられたのかと考えるのが普通だが、基本的には今回の進軍は予想外の行動だ。つまり、この建物を目的としてアミュゼカが侵攻してきたと考えるほうが妥当な気がする。

「北部防衛にしちゃ辺鄙なところだもんね、不思議になるよね。自然の要塞があれば冬の行軍には向かないし、夏場はもっと西のほうを目指すんだよ。帝都に攻め込むのに、そっちのほうがまあ都合がいいからさ。だから、難所って呼ばれる場所があって、なおかつ冬にアミュゼカに攻めてこられたってのもわけわかんないんだけど。安全だから、選んだ場所だって聞いたんだよね」

「つまり、なんの施設かはわからないってことですか？」

「あは、正解ぃ。身内にも明かさないなんていったいなんの施設なんだかね」

へらりと笑ったケイセティは確かにヴォルミが言うように、タチが悪いように思えた。本当に知らないような素振りではあるが、実は何か知っているのではないかと勘繰りたくなってしまう。つまり、底が見えない。それはバイレッタを監視している三人に言えることではあるが。

「ケイセティさんたちが後から召集されたのはアミュゼカが攻めてきたからですよね。その割には戦闘している様子がないのですが、戦況は大丈夫なのですか」

「ああ、それね。なんか、今は窪地《くぼち》を挟んで睨み合ってる状態で。むしろ最初に猟師たちを巻き込んだ戦闘以外に大きな衝突がないんだよね。だから、待機命令中かな？」

「嬢ちゃんにつきまとっている理由はなんだ？」

「だから、監視ですよ。最初にお話ししませんでしたか」

バイレッタが初めてここを訪れた時に説明したと思われたが、それにしてはグレメンソは小首を傾げるだけだ。

「いや、それは確かに聞いたが。態度がおかしいというか、ふざけてばかりいるからなあ。犯罪者を相手にしているとは思えん」

「それについては特務につき、明かすことはできないんだよねぇ」

ごめんねと少し眉を下げて告げるケイセティに、強く出ることもできない。

「三人ともこのように特務の一点張りなので、聞いたところで無駄ですよ。隣国のスパイ容疑をかけられているんです。アミュゼカに自国の情報を流したと思われているらしいんですけど、詳細はわかりません」

「なんだって？　スパイ容疑とは……あり得ん」

「一応、商人なので疑いを持たれるようなことをしたかもしれないんですけど、心当たりがないんですよね。けれど、軍の関係者は皆様ご存じなので、こうして監視されているわけです」

困ったようにバイレッタが告げれば、グレメンソは眼光鋭くケイセティを睨む。

「軍は横暴なことばかりだからな」

「それは心外だなあ。帝国臣民を守るための軍なんだけど」

「戦争ばっかり仕掛けてるくせに何をほざくか。だから、さっさとガイシヤを寄こせと言っとるだろうが」

「あれ、そういう話だった？　まあ、この町の現状なども併せて小隊長も頑張って上と掛け合っているからもう少し待ってくれるとありがたいかな」

のんびりとケイセティは告げて、目を細めたのだった。

「ああ、お帰りなさい。バイレッタさん、ケイセティさん」

診療所の手伝いを終えて宿に帰りつくと、宿の玄関ホールの片隅にある受付テーブル越しからテイランが出迎えてくれた。いつもそこに控えているわけではなく、たまたま用事があっただけのようだ。冬場はほとんど客が来ないので、テイランは受付にいることが少ない。

「夕食にしますから、荷物を置いたら食堂に来てくださいね」

「わかりました。エルド様の様子は変わりないですか」

「そうですね、まだしっかりと起きた形跡はありませんでしたから、もう少し時間がかかるかと」

「そうなんですね、ありがとうございます。様子を見たら食堂に向かいますね」

バイレッタが荷物を掲げると、彼は穏やかに頷いた。

すると、からんと宿の入り口に吊《つ》り下《さ》げられた鐘が鳴って扉が開いた。

「いらっしゃい、泊まりですか？」

自分たち以外の宿泊客が戻ってきたのかと思ったが、テイランの対応で違うとわかる。こんな時期に珍しく新規の宿泊のようだ。

　宿の主人が視線を向ければ、入ってきた男が頷く気配がした。ケイセティが瞬時に警戒した素振りを見せた。振り返れば、旅装の外套の雪を振り払っている男が二人いた。だが見知った二人組に、バイレッッタが戸惑う。

「ゲイル様に、叔父様……どうしてここに」

「やあ、バイレッタ」

「バイレッタ嬢、会えてよかった！」

　帝都にいるはずの叔父であるサミュズ・エトーと、隣国ナリスに戻ったはずのゲイル・アダルティンがいる。

　ゲイルはナリスの元騎士であり、今は従弟《いとこ》で王子でもあるアルレヒトとともに自国に戻ったはずだ。騎士らしくいつもは落ち着いているのに今はひどく慌てていた。赤みがかった茶色の髪をいつもきっちりと整えているのに、乱れていることからも窺える。長旅であったので、多少の乱れはあるだろうが。

「アル様はこちらにいらっしゃっていませんか⁉」

「え、アルレヒト様ですか？」

　アルレヒトは隣国ナリスの第三王子だ。ここは端といえどもガイハンダー帝国内なので、彼がいると考える理由がよくわからない。

思いがけない名前を聞いて、バイレッタは目を丸くした。

ゲイルの慌てぶりに、気を利かせたテイランが談話室に通してくれた。

そこに温かい飲み物を用意してもらいながら、バイレッタはやってきた二人を改めて見つめた。

ケイセティは談話室の壁際に無言で立っている。警戒しているのを感じるが、とりあえずは目の前の二人を優先した。随分と憔悴《しょうすい》しているゲイルといつもと変わらない穏やかさを滲ませるサミュズを座らせて、向かいの席に着いてお茶を勧める。

「帝都からいらしたならとても疲れたでしょう。テイランさんはお茶を淹《い》れるのもとても上手でおいしいのですよ」

サミュズはテイランが淹れたお茶を一口飲んでほっと息を吐いた。

「ああ、確かにおいしいね。テイランというのは？」

「先ほど案内してくれた方で、ここの宿の主人ですわ。お忙しい叔父様がこのような場所まで来られるなんて急用なんですよね？」

「すみません、てっきり貴女が帝都にいると思いスワンガン伯爵家へと行ったのですが、すでに家を出られていた後だったので、こうして行方を知っているエトー様に連れてきてもらったのです。お手を煩わせてしまい申し訳ない」

ゲイルがサミュズに向かって深々と頭を下げた。

「いやバイレッタの様子も気になっていたからね。君は手紙もくれないだろうから、どうなったかと思って心配だったんだ。明日には南に向かうよ」

「明日ですか……」

「仕事の都合だから仕方がないね。思ったよりも道中の天気が悪くて。時間がかかってしまったんだ。けれど、元気な様子が見られてよかった」

「どうして、私をお探しに？」

「アル様とスワンガン領地からナリスに向かった後で、すぐにアミュゼカに謝罪に行くことになったので先日まであちらにいたのです。アミュゼカの王城では快く迎え入れてもらいアル様も機嫌よく過ごされていたのですが、ある日出かけたまま戻ってこなかったのです。バルバリアンに聞けばバイレッタ嬢のところへ向かったのではないかということで……」

バルバリアンはアルレヒトの一の従者だ。主《あるじ》のことをよくわかっているので、バルバリアンが断言するなら間違いはないのだろう。けれど、バイレッタには心当たりがない。

「私のところに来られる理由が思い当たらないのですが」

「アル様のお考えなので、私もなんとも言えないのですが。バルバリアンが話すことには、アル様は貴女がアミュゼカと密通してスパイ容疑をかけられ、スワンガン伯爵家を追い出されたとどこからか聞いたようなのです。それからの貴女の消息がぱったりと途絶えてしまって、自分のせいだと思い込んだようで、助けに向かったのではないかと」

「なんてこと……」

バイレッタがスパイ容疑をかけられているのは間違いがないけれど、理由は今一つはっきりしないのだ。ワイナルドともスワンガン伯爵家を出ていく前にアルレヒトのせいかと疑ったのは事実だが、時期が異なると一蹴している。

だというのに、アルレヒト自身がお門違いな心配をしているのだ。

「たぶん、アルレヒト様は関係がないと思われるのですが」

「バルバリアンも同じ意見ですが、何せ人の話を聞く方ではないので。とにかく捕まえるためにこうして私がガイハンダー帝国に戻ってきたのです。アルレヒト様が現れるまでは滞在しますので、よろしくお願いします」

饒舌《じょうぜつ》というわけでもないゲイルがほとほと困り果てたように、ぽつりぽつりと話し出す。ソファに深く沈み込むように座る姿からも、相当に参っているようだ。それでも律儀に頭を下げるあたり、さすがだと言わざるを得ない。

「隣国の王子が帝国内で行方不明だなんて放っておけないし。こうしてバイレッタのところへ行くというから一緒に来たんだよ」

腹黒い叔父のことであるから、今回のことをきっかけに恩を売るつもりではあるだろうが、感動している様子のゲイルに教える必要もないかと思い直す。

「南の仕事に向かわれるのに、かなりの遠回りをさせてしまいました。本当にありがとうございます」

「いやいや、寄り道はよくあることだし、他ならない可愛い姪の顔を見られるなら問題ないよ」

頭を下げ続けるゲイルに、バイレッタは慌てた。これ以上この話を広げれば、ゲイルは叔父に身売りしなければいけなくなるかもしれない。やり手の腹黒商人に必要以上に恩を感じるのは危険だ。さっさと切り上げようと、バイレッタは口を挟んだ。

「そうだったんですね。そういえば、南といえば昔叔父様からいただいたお守りがありましたよね。あの木彫り細工のペンダントです」

「ああ、懐かしいな。あれはまだお前が学生の頃の話だろう？」

「そうです。久しぶりに目にしたので、少しあの頃を思い出してしまって」

バイレッタがスタシア高等学院に通っていた学生の頃に、サミュズは長期の仕事から戻ると真っ先にバイレッタに会いに来ていた。それも家で待っていればいいのに、わざわざ学院まで迎えに来てくれたのだ。その際にいろいろと土産を貰っていた。その中の一つがセイルラオが身に着けていたものになる。

あのお守りはそこまで高価なものではないが、一昔前にサミュズが帝都ではやらせたものでもある。全く同じものではないけれど、今もセイルラオが大事そうに身に着けているので気になったのだ。

「あれは結構いい儲《もう》けになったけど、単価が安かったからなあ。もう二度とやらないよ。バイレッタに渡したものは珍しいものだったけれど」

「そうなんですか？」

「中が覗けるようになっていただろ。あそこに詰める宝石の色で意味合いが変わるんだよ。宝石といっても屑《くず》とか欠片《かけら》だからそれほど価値はないけれど……いや、君に渡したものはわりと価値があったかな。青色だっただろう。青は向こうでは特別な飾りに使うものだから。その分、お守りとしても強力なんだよ」

「へえ、そうでしたか」

あいにくと、あのお守りは実家に置いてきてしまったので今はバイレッタの手元にはない。つまり、セイルラオが大事にしているのは、その意味を知っているからだろうか。彼が持っていたお守りの中身までは確認していないけれど。

「ところで彼はどういうことだい？」

部屋の端に控えているケイセティに鋭い視線を向けた叔父をバイレッタは宥めた。

「私の監視らしいのですが、特に害はありませんわよ」

「監視だって？　つまり、スパイ容疑はまだ晴れていないということかな。必要ないというのがわからないのか」

「特務につき、お答えできかねます」

普段は笑顔の多いケイセティではあるが、今は無表情のまま叔父に冷たく告げる姿はいかにも軍人のように見えた。

「エトー様からも伺いましたが、なんだかおかしなことになっているんですね。アナルド様とはお会いになられたのですか」

「スパイ容疑をかけられて離縁した妻とは会う必要を感じないのではないですか」

存外、冷たい声が出た。

ゲイルが心配そうに瞳を揺らして、サミュズは怒りを込めた視線をケイセティに向けた。

「おい、これはどういうことだ。お前たちの上官は何を考えている？」

ケイセティは眉を僅かに動かすことで、答えを返した。つまり、話す気はないということだ。それがますます叔父の怒りを買う。

「軍人が、お門違いに民間人を監視して脅していいのか。アミュゼカが攻めてきているんだろう。他にやることはあるんじゃないのか」

「それ以上おっしゃれば、軍を通じて正式に抗議させていただきますが？」

毅然《きぜん》とした態度は揺るぎなく、ケイセティに引くつもりがないことがわかる。

「叔父様、大丈夫ですわ。念願の離縁が叶ったのですもの、ほらせっかくこうして会えたのですから、次の商談のお話が聞きたいですわ。テイランさんの作る料理はとてもおいしいのですよ。夕食を食べながらでも話しましょう」

ますますヒートアップしそうな叔父を宥めて、バイレッタは必死で微笑んだのだった。

結局、あの後すぐにいったん自室へと引き上げることにした。叔父とゲイルはそれぞれ割り当てられた部屋へと向かったことを確認したので、なんとか落ち着いたようだと知る。

荷物を片づけて再度階下の食堂へ向かえば、テイランが夕食をケイセティに運んでいるところだった。

「テイランさん、先ほどはありがとうございました」

「少し揉めていたようですが、大丈夫でしたか」

叔父の荒ぶった声はテイランのいた場所まで聞こえていたようだ。

「すみません、うるさくしてしまって。少し行き違いがあっただけなので、もう平気です」

「そうですか。ゆっくり話せたようでよかったです。ああ、バイレッタさんの分も今、お持ちしますよ」

「バイレッタさん、先にいただいてるよ」

ケイセティは先ほど談話室にいた時とは異なり、おっとりと微笑んだ。彼も自室に引き上げて、戻ってきたのだろう。ゆったりとしているところを見るとこちらが素なのだなと実感する。そもそもケイセティは食事をしている時はいつも楽しげだ。

スプーンを掲げて、にこやかに食事を再開している彼をじっと見つめて、バイレッタは口を開く。

「ヴォルミさんは戻ってきたのですか?」

「え、ああ。まだみたいだね」

「なるほど、ヴォルミさんも知っているのですね。何か、ありましたか」

「ん? 何が――」

いつもと微笑に変わりはない。けれど、バイレッタは違和感を口にする。

「ごまかさなくても、一瞬動きが止まりましたよ」

「そりゃあ、食べてる途中で声をかけられればびっくりするよね」

こてんと首を傾げるさまは軍人らしくない愛らしさがある。けれど、可愛がっている義妹のミレイナほどではない。誰も敵《かな》わない愛らしさを思い浮かべながら、バイレッタは努めて冷静に切り込んだ。

「ケイセティさんは食事中はあまり他人の様子に頓着されません。温かい料理を優先させますから、動きは止めずに会話をされるんですよ。止まる時は図星を指摘されたからでしょう」

一瞬、顔をこわばらせたケイセティはすぐに諦念の表情に変わる。

「うわー、バイレッタさんにそんなに観察されてるなんて思わなかったなあ」

大仰に呻いたケイセティが諦めたように肩を竦めた。

「商人は目利きが命なんですよ、観察するのは当然です」

「はは、まいった。あんまり不安を煽《あお》るのもよくないかと思ったんだけど……」

頭を掻《か》きながら困ったようにケイセティは周囲を見回して自分たちしかいないことを確認すると、重々しく口を開いた。

「どうやら、僕たちの部屋に侵入した者がいるようなんだよねぇ。だから、ヴォルミも報告に行ってるんだ」

ケイセティの返答が気にはなったが、やはりヴォルミも一度宿に戻ってきたのか。そしてすぐに出ていくとは、大変だなと同情した。

「戻ってきてすぐにまた雪山に向かうだなんて、本当にお疲れさまですね」

「ん？　ヴォルミなら心配いらないよ。身体能力化け物並みだから。片道一時間かかるところを半分もあれば行けるからね。まあ本人は盛大に文句たれてたけど。それよりも侵入者のほうが問題だよね」

「ケイセティさんたちの部屋だけですか？」

「たぶん、そうじゃないかな。バイレッタさんも部屋に戻ったけれど、違和感はなかったんでしょう？」

確かに彼の言う通りではあるが、確信を込めた言い方にバイレッタは引っかかりを覚えた。

「そうですけど、どうして断言できるのですか」

「んー、これが僕らに向けた警告だってわかってるからかなあ」

「警告ですか……」

ケイセティはズボンのポケットを漁《あさ》って、小さな薬莢《やっきょう》を掲げてみせた。

「空っぽの薬莢なんだけど、ここ見えるかな。ほら白いインクで絵が描かれているの。これってさ、アミュゼカで有名な『白い死神』って呼ばれてる男の印なんだよね」

彼が示したところを覗き込めば、確かに白い羽のような印が見えた。

「ああ、『白い死神』ですか」

「あれ、バイレッタさんも知ってるの？　民間人はあんまり耳にしないはずだけど。アミュゼカが攻めてきていて、彼の部隊もいるって連隊長ってば話しちゃったのかな」

やや呆れたようにケイセティに言われて、バイレッタは慌てて首を横に振る。別に元夫を庇うわけではないけれど、彼が今回のアミュゼカの侵攻について情報を漏らしたわけではない。

「あ、いえ、スワンガン領地で窓ガラスを狙撃された時に薬莢が落ちているとアナルド様が話されていまして。その時に『白い死神』の話をお聞きしたのです」

「え、スワンガン領地って連隊長殿の実家でしょ？　何やってるの、あの人……」

「アナルド様が狙われたというよりは別件ですけれど、ええと狙っていることを標的に教えて怯《おび》えさせるために置いていくと聞きましたけど」

スワンガン領地では狙われていた対象を怯えさせてじわじわいたぶるためにわざと薬莢を残しているのだと説明を受けた。

「そうなんだよね。なんせ標的に狙われている恐怖を与えて追い詰めていたぶるのが大好きだっていう変態だからさ。だから、これってば僕たちへの挑戦状ってことなんだよ。さて、その憐れな標的はいったい誰なのかなあ」

ケイセティは好戦的な笑みを浮かべて虚空を見上げる。

「今回の私にかけられたスパイ疑惑と関係はありますか」

「そういうことも含めて――」

「何かありましたか」

食堂にやってきたゲイルが、険しい顔のまま近づいてきた。バイレッタの浮かない表情から何かを察したらしい。監視役の軍人たちとの仲などあまり良好ではないと思われているのだろう。実際には、元夫に比べれば格段に仲良しには違いない。

「いえ、特に問題はありません」

ケイセティが硬い口調で告げれば、この話はおしまいということだろう。

けれど、バイレッタは後で説明してくださいね、とこっそりと耳打ちした。

「それを説明する義理はないと思うけどなあ」

「拒まれるなら、こちらにも切り札がありますけれど？」

ケイセティの弱点が可愛い嫁であることなどお見通しだ。そこをつつけばきっとバイレッタのほうが優位に立てる。

サミュズを無駄に挑発した責任はとっていただきたい。宥めるのが大変なのだから。

「バイレッタさんって、中佐と同じくらい怖い時があるよね……」

バイレッタにしてみればケイセティの気のせいであることを願うしかない。冷血狐と同類だなんて冗談ではないのだから。


夕食を終えて自室に引き上げ、しばらくすると部屋にノックの音が響いた。

渋ってはいたが、結局ケイセティは折れたのだろう。

こうしてやってきたのが、その証拠だ。

「会いたかったですわ、さあ状況のご説明を——」

扉を開けて、バイレッタは目の前に立つ男を思わず凝視してしまった。

てっきり立っているのはケイセティだと考えていた。

だというのに、見下ろしてくる瞳はエメラルドグリーンだ。だが見開かれたところから、彼も驚いているのだと察した。

察したところで、どうしようもないが。

「な、なぜ貴方がこちらに？」

「俺を誰と間違えて、そんな熱烈に出迎えたのですか？」

バイレッタの戸惑いに、アナルドの眉間に深い皺が寄る。

不機嫌さを隠しもせずに、彼はそのままずかずかと部屋に入ってきた。

「わざわざ帝都から貴女の大事な叔父もナリスにいるはずのゲイル殿もこの宿にいますからね。相手が誰だとしても、以前にも浮気はしないようにとお願いしましたが」

久しぶりに会ったというのに、話題の選択はそれでいいのか。

バイレッタは心底呆れて、元夫を見つめた。

「またその話ですか、いい加減付き合うのにもうんざりですわ。それよりもなぜこちらにいらしたのですか。尋問されたところで有益な情報はありませんが。貴方の部下を呼んでくだされればわかりますわ。そのほうがはっきりするでしょうし、こちらも確認したいことがありますので」

「ああ、部下と間違えたのですね。残念ながら彼は来ません」

アナルドは納得したように小さく頷いて、バイレッタを寝台の端に座らせた。

「彼らからも話は聞いています。どこまで、状況を理解されていますか」

「侵攻してきているアミュゼカと通じている疑いがかけられていることはわかっています。それ以外の詳細は知りません。今日は『白い死神』から挑戦状を受け取ったようですけれど、誰を標的にしているかもわかりませんわ」

この町にやってきたのは迂闊《うかつ》な行動だったと認めるけれど、悪意をもってすればどんな行動もこじつけられてしまう。『白い死神』と関係があるのかと疑われても、無関係であることを証明する手立てがない。バイレッタには弁解するしかないのだ。

それをアナルドが聞き入れてくれるかどうかはわからないけれど。

「スワンガン中佐には、ご迷惑をおかけして申し訳ないとは思っております」

「他人行儀ですね」

核心に切り込めば、腕を組んだアナルドが、眼光鋭く見下ろしてくる。

瞬き一つですべてを拒まれているような気がするが、それも当然だろう。

「離縁しているのだから、弁《わきま》えているつもりですが」

視線を合わせずに答えれば、平板な声が降ってきた。

だが、内容には驚かされる。

「正式には受理されていませんから、まだ俺たちは夫婦ですよ」

「はあ？　ご冗談を。軍のほうから離縁が決まった通告書をいただいているのですよ。貴方の思惑がどうであれ、そんなの誰も認めていません」

思わず声に冷気が混ざった。言い出したのが誰かは知らないが、アナルドが承知していないわけがない。軍からも通告書という形で、正式な離婚の通達が届いていたのだ。だからこそ、アナルドに了承したと手紙を送ったというのに。

送った時期を考えれば、すでに処理されていて決定事項だ。軍がそんなことでもたもたするとも思えない。

「事実ですので、これればかりは覆りません。ですから、まだ俺たちの賭けは続行しているのです。次に会った時に、貴女が決めた言葉がありましたよね？」

この状況で賭けだと？

バイレッタは憤りを必死で抑えつつ、アナルドとの賭けを思い出した。

「おかしなことをおっしゃっている自覚がおありですか。怒って離縁した相手にまだ賭けの話をなさるとか正気とは思えませんわね」

「怒ったとは？」

「スワンガン領地で、私に怒っていたじゃありませんか。ゲイル様との浮気を疑って。それにミイルの町で視線が合った時だって無視してさっさと立ち去ってしまわれたでしょう。それほどに怒っているということではありませんの」

怒濤のように言い募れば、アナルドはなぜか驚いたように目を見開いた。

「スワンガン領地では別に貴女に怒ったわけではありませんが。というか、ミイルの町では巡回中だったので貴女に声をかけるわけにはいきませんでした。その後ですぐに彼らを派遣したのですが、伝わっていませんか」

彼らとはサイトールたちのことだろう。監視する人を派遣して何を伝えたかったというのか。

「そもそも怒っている相手と一緒に遊ぼうとは言いませんよね」

「はあ、遊びですって？」

「ええ。愛妻との楽しい遊びです」

なんだ、認識に問題があるのか。

遊びとはどういうことだ。弄ばれているとかそういうことだろうか。いったい、何を言われているのかバイレッタはわからずぽかんと夫を見つめる。しかし、彼も不思議そうに首を傾げていた。

「ちょっと待ってください、怒っていましたよね？　ゲイル様と二人で部屋に閉じ込められたのが迂闊だと言われましたから」

「もちろん、それは迂闊でしょうけれど、そんなことで怒りませんよ。ああ、やはり俺の気持ちをわかってくれないんですね」

「はい、これっぽっちもわかりません」

「こういう時に潔いのも貴女の魅力ですね」

アナルドはなぜか面白そうに瞳を細めた。

いや、待って。頭がついていかない。

どうして今、自分は褒められたのだ？

思っていたよりも怒ってはいないらしい元夫の様子に、バイレッタは心底困惑した。

「それで、賭けの話ですが。決めた言葉はもちろん、覚えていますよね」

「はあ、賭けですか」

今更なんの話だろうと思わなくもないけれど、確かに、次に会った時にその言葉を言うかどうか賭けをしていた。けれど、この状況でそんな話を持ち出されてもバイレッタとしては戸惑うばかりだ。だというのに、アナルドは構わずに話を続ける。

「まさか、覚えていないのですか。決めた言葉がありますよね」

スワンガン領地で、アナルドが戦地に向かう前夜に決めたことだった。賭けにバイレッタが勝てば、ゲイルと密室に閉じ込められたことを不問にするという内容ではあったはずだ。

次にアナルドに会った時に、最初に言わせると決めた言葉は確かに『会いたかったわ』だ。

「俺が何もしなくても、会いたかったと告げてくれたので驚きましたよ」

察したバイレッタに、アナルドがなぜか困ったように肩を竦めた。だが、すぐに口角を上げて、不敵な表情になる。

項《うなじ》がぴりりとする。

アナルドが怒っている時の合図に、自然と体がこわばった。

なぜ、ここで怒るのだ。もうわけがわからない。

「まさか、開口一番に聞けるとも思いませんでしたから」

「決して貴方に言ったわけではありません！」

「だとしても賭けの勝者は俺ですよね」

悔しいけれど、撤回するほどの口撃が思いつかない。

賭けを無効だとするためには、夫婦ではないと証明しなければならない。アナルドの言を借りるのであれば、あれは夫婦の遊びであるのだから。だがどれだけバイレッタが別れたと告げたところで、彼はまだ自分たちは夫婦であると主張するのだ。

忘れていたと告げたところで、意味はないだろう。忘れているほうが悪いと言われるだけだ。

唇を嚙み締めれば、彼はにこやかに微笑んだ。

「では、泣いてください」

彼は、なんと言った？

泣けと言われて簡単に泣けるのなら、あんな喧嘩別れのようなことにもならずに済んだ。そんな可愛げのある女だとでも言いたいのか。

「敵国に通じている間諜《かんちょう》だというなら拷問でもなんでもすればいいのではないですか？　そうすれば、涙の一つくらい浮かびますわよ」

傲然と顎を聳やかして、睨みつければなぜか戸惑ったようなアナルドの姿がある。

彼は何がしたいのだろう。

怒っているような気もするし、困っているような気もする。

「拷問？　いえ、そういうことではありません。そうですね、なんと言えばよいのか。俺は怒っているのです」

「それは、存じ上げているつもりです」

やはり怒っているのだ。怒っていないと散々言っていたけれど、現に項がピリピリするのだから、彼が怒っている気配は伝わってくる。だが話の矛先はよくわからない。

だから、これ以上刺激するなと？

それとも泣いて許しを乞えとでも？

冷血な夫らしい言葉に、呆れを含んだ悲しみが募る。

これ以上会話をしても、きっと泥沼に沈むだけだ。どこにも希望なんて見えやしない。

「そんな嫌がらせをしなくても、これ以上貴方と関わるつもりはありませんわ。スワンガン中佐にとっても、スパイ容疑のかかった元妻とこれ以上つながりがあるだなんて不名誉なことはお望みではないでしょう？　貴方の立派な経歴に傷がついてしまいますから」

「は？　いえ、そうではなく――」

「中佐、すみません。少しよろしいですか」

再度部屋にノックの音がしてサイトールが顔を覗かせた。そのままアナルドに耳打ちする。

「そうですか……バイレッタ、急用ができましたので今日は失礼しますが、今度会った時には続きを話しましょう。くれぐれも宿から出歩かないでくださいね」

わざわざサイトールが呼びに来るくらいなのだから、緊急の用事なのだろう。ご丁寧に自分に断りを入れなくてもさっさといなくなればいいのだ。

そしてそのまま賭けのことも忘れてくれればいい。そもそも何をしに来たのかがわからないけれど、こちらとしては、二度と会うこともないのだから。

離婚を命じられたのだから、その通りに行動すればいい。

だというのに、いったいなんの権限があってバイレッタの行動を制限するのか。

怒りに任せて返事をしない彼女を、ちらりと一瞥しただけでアナルドは部屋を出ていった。

バイレッタは一人で部屋にいるのも嫌になって、朝に取りに行った薬を届けるため、セイルラオが寝ている部屋へと向かった。

扉を開けて中へ入ると、カーテンを引いているため部屋の中はぼんやりと薄暗い。藍色に包まれた部屋のカーテンを開けようと窓際へと向かう。寝台を回り込んでカーテンの厚手の生地を手に取った瞬間、ふっと息をつくような声が聞こえた。

「ここは……？」

バイレッタが振り返ると、目をしっかりと開けたセイルラオがいた。これまでの朦朧とした様子はない。

「気づかれましたか」

思わず傍に駆け寄ると、彼は顔だけを動かして瞳を眇《すが》めた。

「なんでお前がいるんだ」

「完全に成り行きですかね。それより気がつかれたのならよかった。お水を飲みませんか。喉が渇いているでしょう」

困ったように微笑めば、セイルラオは鼻白んだ。だが、水は飲むらしい。体をゆっくりと起こして、手渡した杯を引ったくるようにして奪うと、勢いよく飲み干した。

「ゆっくり飲まれたほうがいいですよ」

「げほ……っ」

案の定、噎《む》せたセイルラオの背中をさすってみると、彼はその手を振り払った。

「余計なこと、すんなっ」

彼とはスタシア高等学院で同級生だったが、言葉を交わしたのは僅かである。しかも仲がよいということもなかった。

貴族連中が通う最高学府の学院では子爵家の娘など底辺もいいところだ。その上バイレッタは学院中の男たちを手玉にとって弄んでいると噂されるほどの悪女で有名だった。もちろん事実無根だがその噂を流した相手が侯爵家の嫡男だったため学院中の支持を集めてしまって誰も自分の話など聞いてくれなかった。

同様に、セイルラオも男爵家の三男で、当時は小柄だったため恰好《かっこう》のおもちゃ扱いだった。つまりいじめられっ子だったわけだ。

そんな二人だったが、底辺同士の傷の舐め合いのような関係にはならなかった。しかも彼はいつの間にか叔父と出会って勝手に弟子を名乗って商人になり、学院も途中でやめてしまった。

そうして数年前に夜会で再会した時には叔父の絶大なる信奉者であり、バイレッタに敵意を抱いて一方的にライバル視してくるようになった。迷惑な話である。

だからこそ、なぜ助けたのかと聞かれても成り行きで仕方なくとしか答えようがないのが正直なところだった。

「で、なんでここにいる？」

「その前に、ここがどこだかお聞きにならないのですか」

「どこだ？」

セイルラオは部屋を見回して、知らないと悟ったのだろう。

「山間の町ミイルの宿です。アミュゼカの兵士に襲われていたところを助けてここまで連れてきたんですよ。どうしてアミュゼカの兵士と関わっていたのかお聞きしてもよろしいですか？」

「お前には関係ないだろ」

やはりセイルラオの返事はにべもない。

「……そういや、そのアミュゼカの兵士たちはどうした。この場所を知っているのか」

「帝国の軍人たちがたまたまいてくれて追い払ってくれました。アミュゼカの兵士がこの場所を知っているのかはわかりませんが、ここにいる方たちが調べてはいるようです。下にいますから、話を聞きたいですか？」

「帝国の軍人？　お前の旦那か？」

「いえ、同じ所属だったことがあるようですが詳細はわかりません。それに婚家からは離縁されましたので、もう夫ではありませんよ」

バイレッタが淡々と告げれば、セイルラオは軽く寝台の上で身じろいだ。だが、すぐに獰猛な笑みを浮かべる。

「それで、誑《たぶら》かした男に逃げられた気分はどうなんだ？」

「どうとおっしゃられても……」

やってもいないスパイ容疑で一方的に別れを告げられた。アナルドにとっては庇う価値すらない妻だったということだろう。彼が愛している期間は終わってしまったのだ、ただそれだけ――。

「帝都で築いた栄華を失ってこんな僻地までやってきたわりには堪《こた》えてないんだな」

「最初から、わかっていましたから」

バイレッタのようなひねくれた性格の、淑女からは程遠い変わり者など、愛されることはない。彼のほうは最初から道場破りのようなおかしな性格を条件として妻を探していたから、淑女らしさなど求められてはいなかったのだろうが。

それでもバイレッタほどの悪評が立つ女だとは思わなかっただろう。

そのために愛想を尽かされても平気なように予防線を張ってきたのだから。

商人にリスクはつきものだ。だからこそ、対処は怠らない。

「俺のところに来れば、仕事をやってもいいぞ」

「どういうつもりですか？」

セイルラオがバイレッタを嫌っていることなど常々理解している。だというのに、仕事仲間に誘ってくる心理がわからない。彼は薄く笑っているだけで本気とは思えない。彼の皮肉だろう。

「遠慮しておきますわ。まだ職を失ったわけではありませんし、やらなければならないことも多いので」

「ふん、さすがは社交界で名高い毒女だな。もうすでに取り入る先を見つけてもいるのか。下にいる軍人たちもなぜとどまっているんだ？　お前の取り巻きか」

相変わらずセイルラオはバイレッタの悪評を信じている。商人が噂を鵜呑みするのは致命的ではないかと思うが、わざわざ指摘するほどの親切心は持ち合わせていない。そもそも、彼も聞く耳は持たないだろう。

「彼らは私の監視らしいですよ」

「監視？」

「帝国軍から疑いをかけられているようですが、そのうち誤解は解けるのではないかと思っています。とにかく、これでスワンガン伯爵家に迷惑はかけないことになりましたのでご安心ください」

「なぜ、俺が気にするんだ」

「叔父に忠告していたのではないのですか？　夫とは関係が切れたので、スワンガン伯爵家が領地をはく奪されるようなことはありませんから安心でしょう」

「あの人は、俺の意見を聞いてくれたのか」

「叔父の胸中は叔父にしかわかりませんわ。誰かに縛られることを極端に嫌う人なので。聞いたふりは上手ですけれど、人の意見を取り入れて考えを変えることは滅多にありませんから」

叔父の世界は、昔は姉であるバイレッタの母を中心に回っていて、商売を始めてからは金が中心だ。吝嗇家《りんしょくか》ではないが、効率的に金を稼げるのかが重要だと考えている。そのために必要なことであれば人の話を聞き入れるが、不要だと判断すれば行動を変えることはしない。

姉に似ているバイレッタのことは可愛がって気にかけてくれるが、恋人の気配すらないのだから察せられる。商売のいろはを教えてくれたし、スパルタではあるが援助もしてくれた叔父に感謝の気持ちは常にあるが、兄弟子であるドレクなど叔父に付き合えるような女などいないと断言しているほどなのだ。

それはさておき、嬉しそうな顔をしているセイルラオはなぜそれほどまでに叔父に心酔しているのか。むしろ妄信していると言っても過言ではないほどに。

温和そうに見えるが、あれほど腹黒い男もいないというのに。

「そういえば、叔父は、今こちらにいるので、お会いになられますか？」

「え、なんで……？」

「商談のついでの寄り道だそうですけれど。明日には南に向かわれるそうなので、会うのなら今日しかありませんが」

「――俺にはもう……」

首を横に振って力なく項垂れる姿は、先ほどバイレッタに嚙みついてきた姿とは全く異なる。会いたいけれど、合わせる顔がないと言いたげだ。

本当に叔父に心酔しているのだなと呆れつつ、バイレッタは思わず問いかけていた。

「エルド様は、叔父とどこでお知り合いになりましたの？」

「……そんなこと、なんでお前に教えなきゃいけないんだ」

あまり信用しないほうがいいと忠告をしようと思ったが、彼も素直に聞き入れるような男ではない。

目覚めたばかりではあるし、長居するのも無粋かと思い直す。

「それはそうですわね。まだ顔色が悪いですよ、眠ってください」

「お前の指図は受けないっ」

別に命令しているわけではないが、この頑《かたく》なな様子はなんだろう。怒鳴ることで虚勢でも張っているのだろうか。

弱っているところを見られたくないのか。

確かにバイレッタも弱っているところを他人に見せるのは苦手だ。自信がないから、虚勢を張って意地を張る。彼も同じようなものなのかもしれない。

まるで激しい運動をしたかのように玉のような汗を浮かべ苦しげに息をする姿に、バイレッタは安心させるように頷いた。

「では、何かありましたら声をかけてください。呼び鈴を鳴らせば、宿の方も来てくれますから」

セイルラオは何も言わなかった。けれど瞳の奥をよぎるのは、複雑な感情の揺れだった。僅かな時間ではあったので、汲《く》み取《と》ることは難しい。いつものようにバイレッタを小馬鹿にしたような侮蔑の光を宿らせていた。それは誰も信用していない孤独な瞳だ。

彼も商人なのだと実感する。

叔父と対面している時のような商売人の顔つきをした男を前に、バイレッタは黙ったまま部屋を後にするのだった。

◆　◆

ミイルの町から一時間ほど進んだ山の中腹にある軍の駐屯地の一室で窓際に立ちながら、モヴリスはただ静かに報告を聞いていた。

先ほどまではミイルの町の宿屋にいて、寒い冬山を歩いてきたからか、ひどく寒い。町の巡回について報告をするように呼び出されていたものの、わざわざアナルドが仕事部屋にいない時を狙ったモヴリスの底意地の悪さに、サイトールは呆れるしかない。結局、往復二時間の道のりを上司を呼びに行くという骨折りに終始しただけだった。

その上、アナルドを呼び出した内容は町を巡回した時の報告である。アミュゼカの兵士がミイルの町に潜伏していると情報を得たので巡回したが、結局何一つ彼らの潜伏先につながる有益な情報は得られなかった。それも先の戦闘で町民から激しく軍人が嫌われているのだから、仕方がないことではある。アミュゼカの兵士たちは町民たちに何もしなかったので、悪感情がすべて帝国軍人に向かっているのもよくなかった。

そんな巡回後の報告など芳しくない状況ばかりだ。だがその報告が終わったというのに、モヴリスは少しも気にした様子はなかった。つまり本題はその後だ。

「ところで、君が相愛だと自慢していた愛《いと》しい愛しい嫁だけれど、あっさりと離婚に応じたって聞いたかい？　軍から送った通告書に対して異論はないってさ」

モヴリスの命令で送られた通告書の内容はサイトールも把握している。それが、アナルドたちがこじれている原因でもあり、ひいてはサイトールが苦労している要因でもある。

思わず顔を顰めてしまった自分とは異なり、アナルドは淡々と答えた。

「そうですか」

「なんだよ、妻に愛されていますからなんて嘯《うそぶ》いていたくせに、随分と涼しい顔だね」

「もともとこの顔ですが」

「ふうん。サイトール中尉も気を遣って大変だろう？」

「は、特には……」

自分を巻き込むなと切実に思うけれど、いったいモヴリスはどこまで感づいているのだろうか。凡人であるサイトールには悪魔の思考はどうしても理解できない。そもそも理解しようとしたところで胃が悲鳴を上げるだけであるとわかっている。

「アミュゼカと通じているだなんて一級戦犯だからね。僕としてもなんとかしたいとは思ったんだけれど、お互いに納得しているなら仕方ないよ。新しいお嫁さんでも探してあげようか？」

「結構です」

「そう？　この前みたいな特殊なお嫁さんの条件は難しいけれど、もう少し難易度を落としてくれたらなんとかなるかもしれないよ」

「興味はありません」

　特殊な嫁の条件とはなんだろうかと訝しみながら、淡々と答える上司の言葉に耳を傾ける。まるで熱を感じさせないアナルドではあるが、妻の前でも同じような態度だったなとサイトールは遠い目になった。むしろ、妻と関わるべきかと相談を受けた時のほうが人間味があったともいえる。結局は関わることにしたのか、会いに行ったが、別れ際のバイレッタの表情を見ればうまくいったとは思えなかった。

　サイトールはぼんやりと思い出しながら、悪魔な上官の次の言葉を待つ。

「少し前の君からは考えられない台詞《せりふ》だねえ。すっかり以前に戻ったのかな」

「本日の報告は以上ですが……これからどうしますか」

サイトールは思わず口を挟んでしまったが、モヴリスは面白そうに瞳を細めただけだった。

「ああ、そうだね。じゃあ、また状況が動いたら報告してくれるかな」

それを合図に二人でモヴリスの執務室を出て、無言で廊下を進む。

アナルドの仕事用に与えられた部屋に入れば、彼は無言で椅子に座った。

連日、アナルドと顔を合わせている。同じように町から強行軍で戻ってきたというのに、輝くような美貌に衰えなど見られない。だが、そんなことはどうでもいい。こちらもこちらで厄介な案件なのだ。

アミュゼカが侵攻していると集められた駐屯地で、なぜか上官の妻の護衛任務につくことになってしまった。納得はできないけれど、まあ百歩譲ってまだいい。

言いたいことは一つだけだ。なぜ護衛対象と離れているというのに、仔細の報告を毎日定時で行っているのか。

しかもその日のうちに、だ。

報告している間は一緒に行動しているわけでもないので、正直こうして報告に来ているサイトールよりもバイレッタに付き従っているヴォルミたちのほうが詳しいと思う。はっきりとめちゃくちゃ面倒な仕事だということはわかっている。けれど、無駄を嫌い合理的なはずの上司はこの業務を撤回する気配がない。

「本日の報告も必要ですか？」

サイトールはアナルドがバイレッタの元に向かう前にも一部報告はしていた。けれどケイセティから業務連絡を受けたヴォルミが来て、バイレッタの知り合いの客が来たとアナルドに報告したため、飛び出して行ってしまったのだ。先日までは妻に会いに行くことを逡巡していた男と同一人物とは思えない行動力だ。

仕方なくヴォルミを待機させて、サイトールはアナルドの帰りを待つことにしたが、すぐにモヴリスからミイルの町の巡回の報告を求められた。計ったようなタイミングに、モヴリスの悪魔的な素養を疑った。薄々、彼は人間ではないような気もしていたが、人に嫌がらせをする時の野性的勘は天才的だと言うしかない。

結局、サイトールがアナルドを迎えに行くために冬山を下りることになった。しかもアナルドを連れて一緒に戻ってくるという強行軍だ。

そうして報告を終えてモヴリスの部屋を辞した後にも、通常の報告が待っているのだから、自分の仕事はなんだろうと疑問を持ってしまう。

「そうですね、お願いします」

だがアナルドは部下の葛藤になど微塵《みじん》も頓着せずに、妻の一日の行動について詳細を知りたがった。いつものように部下から聞いた話を告げればアナルドは、不意に顔を上げサイトールをしげしげと見つめた。

「そのまま待機でお願いします。エルドという商人だけでなく、どうやら彼女も狙われているようですから。ゲイル殿は放っておいて大丈夫だとは思いますが、彼女に近づくようなら報告をお願いします」

「了解しました。ですが、このままでよろしいのですか」

サイトールは意を決して、能面のような上司に問いかける。

数日、彼女に付き従っていたがそろそろ限界だった。

「――と、言うと？」

「彼女の行動が予想外すぎて、現状の戦力では守りようがありません」

情けない話だが、サイトールの胃痛は増している。

最初は彼女の護衛に三人もいらないと考えていたが、今では十人は欲しいと断言できた。なぜなら護衛対象がいろんなことに首を突っ込むからだ。伯爵家の元嫁ならばもう少し貴族令嬢らしい行動を心がけてほしいものだ。信じられないことに彼女は元子爵令嬢でもあるのだから、平民だったことは一度もないはずなのだ。

普通の令嬢なら剣を振り回さないし、他国の兵士たちに向かって見事な啖呵《たんか》を切ったりしない。つけ回されていると知って怯えないどころか人違いだと訂正することもないし、同級生が世話になったからといって連日診療所の手伝いを申し出たりしない。そもそも商人だなんて言わない、絶対に。

だから、非常に遺憾ではあるが、あの性格はどうにも直らないということだろう。

クーデター騒ぎが起きた時にモヴリスから彼女の監視を頼まれたが、行動が突飛すぎて尾行に苦労した経緯がある。今回は護衛であるが、正直どちらが楽なのかと言われるとすぐに答えは出ない。普通なら隠れて尾行するほうが大変なのだが、予想外の行動に付き合わされるのは、さらなる苦労を覚えた。どちらもとても大変なのである。

バイレッタに守られる気がないというのも問題に拍車をかけている。

「なるほど、貴方でも手を焼くと？」

なぜか楽しそうに口角を上げた上司に、サイトールは思わず胡乱《うろん》な瞳を向けてしまう。尊敬しているし、憧れてもいるけれど、嫁の趣味だけはいただけないと思う。

増した胃痛が訴えかけてくるが、彼に告げるつもりはないけれど。

「面白がっている場合ではありませんが。大将閣下も怪しんでおられますが、彼女の安全が第一優先なのですよね？　周囲の状況は不穏なものしかありませんし、仲が悪い私たちよりも、むしろ中佐が出向かれたほうが確実に守れるのではありませんか。

相愛の夫婦であった相手ならば、態度も多少はましになるでしょうから」

けれど、少しは許されるだろうと嫌味を込めて告げれば、なぜか上司が目を丸くした。

なんだろう、それほどおかしなことを言ったつもりはないのだが。

そもそもこの上司は無表情で冷酷と恐れられていた。モヴリスを前にした時でも無表情にやり過ごしていたというのに、なぜ今、こんなにくるくると表情が動くのだ。

それが嫁に関することだけに限られるのはわかっているが、長年この上司の下にいたサイトールにとって違和感しかない。人の子なのだなと変なところで感心してしまうのだ。

「中佐が、夫婦仲は良好だと話されていたと記憶していましたが……違うのですか。そういえば、先ほどもドレスラン大将からいろいろと言われていましたが」

確かに護衛についた最初の夜にバイレッタからは離婚したと告げられて恐る恐る確認に戻った際に、夫婦仲は問題ないと告げたのは目の前にいる男だ。しかもわりと楽しげに言われたので、ほっと胸を撫《な》で下《お》ろしたのは記憶に新しい。

「仲がいいのは事実ですよ、夫婦の遊びをするほどですし、一緒に観劇に行きましたからね。ただ相愛だと指摘されれば、そうだろうとは思いますが、彼女は意地っ張りですから。彼女が怒ってくれるなら、まだ愛されているのだなと実感できます」

うん？　また上司がおかしな話をし出したのか。

浮世離れしているというか、常識がないというか、ひたすら世俗に無頓着な上司は時折的外れな発言をして周囲を驚かせるのだ。

怒られているのなら、普通は嫌われていると考えるのではないのか。

つまり、どういうことなのか全くサイトールには理解できない。

そういえば、その帝都の観劇のチケットの取り方やマナーなどを執拗に聞いてきたこともあった。あの時は本当に何が起きたのか理解するのに数日を要した。一人で行くのかと思えば二枚取りたいと言い出し貴族用の個室を予約するように助言したり、適切な装いについて図解解説した。愛妻とデートに行くのだと理解したのは彼らが観劇に行く当日だったというのも笑える話だ。今でもヴォルミたちからからかわれる案件でもある。

とにかく何が飛び出すかわからない男であるのは間違いがない。よく考えたら、この夫婦はある意味似た者同士なのかもしれない。行動や発言が突飛で予測がつかない。

サイトールは心の準備をしながら、次の言葉を待つ。

「なんとも愉快ではないし、苛立ちますし、どちらかといえば不快にもなりますし。

愛というのは難しいものです」

「あの……よいところが見受けられないのですが……」

サイトールの思い描いた愛とはどうやらかけ離れているようだ。

相愛というのはもっとこう幸福に満ちたものではないのだろうか。というか、本当にそれは相愛なのか。

上司の一方的な思い込みなのではないかという疑問をなんとか呑《の》み込《こ》む。

「貴方には恋人はいますか？」

「婚約者ならいます。来年には式を挙げる予定ですが」

上司がサイトールの個人的なことを尋ねるのは珍しい。思わず正直に答えてしまったが、彼はふうんと声を漏らしただけだった。本題ではないのだろうが、もう少し興味を持ってくれてもいいのではないだろうか。せめて一言おめでとうくらいはあってもいいのではないか。聞いたのはアナルドだというのに。こういう社交性のなさが、上司を浮世離れさせているのだろう。

だがサイトールの複雑な胸中すらあっさり無視して、上司は話を続けた。

「別に妻自身に不満があるわけではないのです。ただ、彼女を取り巻く環境や間男の存在が、邪魔というか鬱陶しくはあるというだけで。まあ感情を揺さぶられる相手というのは貴重だとも考えられますよね」

「はあ、それは、どうでしょうか」

一般的とは言いがたい。同意がしづらくて曖昧に答えれば、上司は片手で顔を覆った。

「揺さぶられるのも面白いものだと思うんですよ。感情を動かされる分、彼女を愛しているのだと実感する」

そうして信じられないほど柔らかく微笑むから、サイトールは目を瞠《みは》った。

それはどこまでも幸せそうに見えたからだ。

こんな表情を見せる人ではなかったではないか。常に冷めた瞳で周囲を睥睨《へいげい》し、感情を顕《あら》わにすることもその瞳にすら映すこともなく。理性的で寡黙でただ行動は迅速で冷ややか。まさに冷血冷徹を体現した『戦場の灰色狐』であったはずだ。

そんな人が――。

顔を片手で隠したまま、ぽつりとつぶやいた。

「だから、これが俺の愛し方なのでしょうね」

ああ、なるほど、とサイトールは唐突に腑《ふ》に落ちた。

この夫婦はなんともはた迷惑な二人なのだと納得したのだった。

第五章　襲撃

サミュズは翌日の早朝には慌ただしく出ていった。バイレッタと一緒に見送ったゲイルに何度も姪のことを頼んでいくほどには、彼を信頼しているらしい。昨夜の夕食の席でもゲイルとサミュズの三人で同じテーブルに着いたが、しきりにゲイルのことをほめちぎっていた。

とにかくアナルド以外の男であるならばなんでもいいらしい。

出立前の叔父にアナルドが訪ねてきたことなど話せるはずもなく、またサミュズが知らないようだったのでバイレッタはひたすらに黙っておくことにした。話したところで怒らせる未来しか想像できない。

ゲイルはそのまま宿に滞在しているが、アルレヒトがやってきていたら町の娘と派手に遊ぶだろうと確信しており、ミイルの町にいろいろと聞き込みに出かけていてほとんど顔を合わせることもない。

そうこうしている間に薬がなくなったため、また診療所へ薬を取りに行くことにした。セイルラオも意識は戻ったものの、起きている時間はひどく短い。自分のことはなんとかできるようにはなったが、薬を貰いに行くことはできなかったからだ。

「これで、ようやく食べられる。なんでもっと早く思いつかなかったんだろう！」

「お前、ほんと食い意地張ってるよな」

ほくほくと笑うケイセティの横で、うんざりしたようなヴォルミが続く。

バイレッタたちは朝からセイルラオの薬をとりに診療所へと向かっていた。その後、名物のミートパイを出す町の食堂に昼食をとりに行く予定になっている。

どうしても名物を食べたいケイセティが、バイレッタを誘ったのだ。そうすれば、民間人として食べられると思いついたらしい。特にこだわりはないので、付き合うことにした。

サイトールはアナルドを呼びに来てから戻ってきていないのか、ずっと姿を見ていない。残された二人が気にする素振りがないので、問題はないのだろう。

「食事は人生を豊かにするんだよ」

「いっつも何かしら食べてるくせに、お前の人生そんなに豊かか？　そもそもそのエネルギーはどこに消えるんだ？　大して頭も使ってないだろ。なのに太らないとか信じられない。わかっているか、食べてももう背は伸びないんだぞ、坊や」

「坊やじゃないってば！　脳筋なヴォルミと違って僕は繊細なの。常にストレスにさらされていれば、お腹《なか》が減るだろ。おいしいもので癒やされたいって思うのは当然なの」

「はあ？　繊細なやつが爆発に巻き込まれた瓦礫《がれき》の下から這《は》い出《で》てきた後ではちみつがけの揚げ菓子の食いすぎで腹壊すかよ」

「なんでヴォルミってそんな人の嫌な過去をねちねち覚えているわけ？　変態なんじゃない」

「お前の食い意地が張ってるからだろうが！」

「あのお二人とも往来なので、もう少し声を抑えていただけるとありがたいといいますか……」

バイレッタは二人に挟まれて通りを歩きながら、うんざりしていた。

この二人は本当に仲が悪いということはないのだろうが、コミュニケーションの仕方を間違えているような気がする。サイトールの苦労もしのばれるというものだ。

いつもの診療所が見えた時にはほっとした。一人で対峙しなくても済むというのはなんともありがたいものである。切実に。

「ほんと、独身男の僻みって醜い。ヴォルミって、めちゃくちゃ狭量だと思わない、バイレッタさん」

「私ですか。ずっと離縁してるって言ってますけど。それこそ軍命令ですから、既婚者扱いされても困ります」

ヴォルミたちは軍に所属していて、なんなら上官は自分の元夫である。だというのに、彼らはいまだにバイレッタを上官の妻として扱うのだ。しかもなぜかアナルドがバイレッタを溺愛していると勘違いしている。

思わずバイレッタが胡乱な瞳を向けて告げれば、なぜか真横にいたケイセティが心底疲れたようなため息をついた。

「知らないって幸せなことなんだと僕は最近つくづく思うんだよね。初恋だかなんだか知らないけど、本気になったらヤバイ人だって感じるんだ」

「はあ？」

意味が全くわからない。

生返事を返せば、ヴォルミが憐れみを込めた瞳を向けてきた。

「きっとバイレッタちゃんは今のままでいいんだよ、それが正解なんだ。気づいたところで逃がす気ないだろ、あの人」

「はあ？」

ますます意味がわからない。

けれど、何か馬鹿にされているような気がする。

「なんだか知りませんけど、この状況なら、どう考えても私が軍の方たちに振り回されていると思いますが……」

「え、それ本気で言ってる？」

ケイセティが目を白黒させてバイレッタを見やった。

「中佐はともかく、小隊長の苦労が報われないなあ」

「どういう意味でしょうか」

「イイエ、ナンデモアリマセン」

なぜか片言で返される。解《げ》せない。

「そういえば、サイトールさんの姿が見えませんが、ケイセティさんたちも忙しいのではありませんか」

「いや、あの人、今、上からいろんな仕事振られているから。補償の担当も押し付けられたらしいんだよね」

「補償って、この前怪我をさせてしまった猟師の方々のですか。話が難航していると お聞きしましたが」

「この時季、ここいらは青狐を狩って毛皮にするらしいんだけどさ。例年の冬の毛皮を売る金額を補償金として要求されたらしいんだ。でも、例年通りには狩れないんじゃないかって言ったらもの凄い反発されちゃって」

「なぜ例年通りに狩れないのですか？」

バイレッタが泊まっている宿には猟師たちもいると聞いている。彼らも北でとれなくなったからわざわざ南に流れてきたそうだが、この地域でもとれないのなら、とどまっている意味がない。

「巣穴の近くに軍がでっかい施設を建てて立ち入り禁止にしちゃったでしょ。それもあっていつもと違うルートで狩りに出たもんだから、道を踏み外しちゃったらしいんだよね。回り回って軍のせいだって話になったんだけど、まあすんなり合意は難しいよね。雪山って道の堺《さかい》の見分けがつきにくいじゃない？」

「そうなのですね」

「あと治療のための薬とか包帯とかも頼まれたんだけど、なぜか必要数回ってこないらしいんで、その不満も合わさっているんだろうね」

「管轄違いだな」

のほほんと答えたケイセティに、ヴォルミが肩を竦めて答える。

だが診療所の中に入った途端、ヴォルミはむっつりと押し黙った。

ケイセティがバイレッタに向かって静かにするように合図する。

軍人二人の視線が絡んで、一瞬で無言の会話が終了したようだった。

ケイセティに外を回るように手で示し、ヴォルミがバイレッタの手を無言で引いた。

どうやら診察室へと向かうらしい。だが、診察室に何があるというのか。

この時間は午前の診察が始まる前の時間だ。

グレメンソは朝食をとっている時間であり、母屋のほうにいる。だというのに、診察室から人の気配がする。バイレッタが手伝うようになってから、ようやく休憩らしい休憩がとれるようになり、朝もゆっくりできると喜んでいたはずだった。気配はあるのに静寂に包まれている。それがより違和感を伝えてくる。

「だから、そこに用意してあるもので全部だと言ってるだろう」

疲れたようなグレメンソの声が聞こえてきたのはそんな時だった。

「そんなわけがあるか。隠してもためにならんぞ」

グレメンソに答えたのはどこかで聞いたことのある男の声だったが、バイレッタの記憶の中を探してもすぐに誰とは出てこなかった。

「必要だということは患者がいるんだろう。どんな相手でも患者には変わらん。だがな、薬は限りがある。より急患ならそちらに回すが、診ていないとその判断もできん」

　グレメンソは緊迫した声で、だが毅然と言い放った。

　対峙していた男が焦ったように言葉を紡ぐ。

「急患だ。しばらく高熱であえいでいたが、いつまで経《た》っても熱が引かない」

「体に渦を巻いたような発疹はあるか？」

「渦……確かにあるな」

　短い答えの中に、苛立ちが含まれている。だが、グレメンソは冷静に対応していた。

「なら、セイーク熱だな。熱が出てから何日になる？」

「もう三週間だ」

「馬鹿もん、そんなに長い間放置していたのかっ」

　侵入者に対しても強気なグレメンソに、バイレッタはひとまず彼は怒鳴りつける元気はあると判断する。

　中にいるのはどうやらグレメンソと侵入者の男だけのようだ。これならば、ヴォルミだけで十分に取り押さえられそうだった。横で部屋の様子を窺っている彼にも、それほどの緊迫感はない。ただ踏み込むタイミングを計っているのだろう。

「かかっているのは一人だけじゃない」

「何人分必要なんだ」

「ひとまずは五人だ」

「五人分か……あいにくこちらも同じ患者を抱えている。そいつの分の薬を確保するとなると少し足りないな。しかしなんでこんな北の地でセイーク熱がたくさん発生しているんだ。あれは人から人に感染するものじゃないんだが」

「原因はここにいる女のせいだろうがっ」

「女って嬢ちゃんか？」

「そうだ、悪魔の手先めっ」

なんだろう、新たな二つ名を貰ってしまった。

続々と増える異名に、バイレッタは一瞬、気が遠くなりかけた。

「ぎゃあっ」

そんな時、診療所の入り口から男の小さな悲鳴が上がった。

「あの坊や、油断したな」

「もう来ていたのか!?　これ以上の薬はない。こんなところで騒ぎを起こさんでくれ」

廊下の騒ぎに気がついたグレメンソが血相を変えた。ヴォルミは診察室の扉を全開にする。薬品棚の前にいるグレメンソと対峙するように部屋の中央に男がいたが、やはり見覚えがある。路地裏でセイルラオを痛めつけていたリーダー格の男だった。それを早く思い出していれば、他に仲間がいたとすぐに気がつけたというのに。先ほどの声はケイセティではなかったので、潜んでいた敵兵のものだろう。

「ちっ、帝国の犬が！　ここは診療所だろう、なんで薬がないんだ。さっさと出せ」

断ったグレメンソに、男が苛立ったように床を踏み鳴らした。

「抵抗するだけ無駄だ。仲間はこちらが押さえたぞ」

「……っくそ」

バイレッタは成り行きを固唾《かたず》を飲んで見守っているグレメンソに声をかける。

「グレメンソさん、こちらの分は構いません。あるだけ渡してあげてください」

「だが、そうすると嬢ちゃんが困るだろう」

「大丈夫ですから」

バイレッタが大きく頷くと、グレメンソは棚にしまってあった紙袋を五つ取り出した。

「ひとまず熱を下げるための薬だ。本当は患者の症状や様子や体格に合わせて使うものだぞ。一応、渡しておくが症状が急変したらここに連れてこい」

中にいた男が薬の袋を受け取る。

「悪魔が、今更改心したところで、手遅れだ」

「どういう意味ですか？」

「お前が売りつけたんだろうっ、悔い改めろ」

悔しそうに顔を歪《ゆが》ませ吐き捨てた男に、バイレッタは問いかけた。けれど、彼はそのまま廊下から出ていく。アミュゼカの兵士と密通しているだなんて、今の様子を見ればすぐに撤回されると思うのだが、ヴォルミたちは特に気に留めた雰囲気はない。

静かに見送った後、ヴォルミが呆れたように声をかけてきた。

「いいのか」

「困っている時はお互いさまじゃありません？」

「敵兵に情けをかけたところで、牙を剝《む》かれるだけだぞ」

「そうかもしれませんが、そうじゃないかもしれないでしょう。そもそも相手は病人ですしね」

「そういや、あの商人の男を拾った時も同じようなこと言ってたな。相変わらず後先考えないんだな」

「性分ですからね。けれど、あの人が売られたとおっしゃられていたものに心当たりがないのですが。商品の在庫を調べたほうがいいのかしら。けれど悪魔と呼ばれる理由がわかりませんし」

「商品の横流しの可能性があるってことか？」

「それ以外に考えられないのですが、私が作るものは絶対の自信を持っていますので違うかもしれません。それはこちらで調べるとして。ケイセティさんは無事ですか？」

「ああ、たぶん外にいるやつらは倒したから、そのうち戻ってくる」

ヴォルミの返答に安堵していると、グレメンソが顔を曇らせた。

「嬢ちゃん、薬はどうする。相変わらず軍はガイシヤを独占したままだぞ」

「領主にも問い合わせてみましたが、軍と交渉中としか返事がきませんでした」

むしろ、バイレッタにスパイ容疑がかかっていることを知られていて、厄介事に関わるつもりはないと拒否された。耳が早いことである。なんとか容疑を晴らしたいが、しばらくは撤回するのは難しいだろう。

こうなったらなんとかして軍に直接交渉する必要がある。

だが、それよりも気になることがあった。

「けれど、エルド様もアミュゼカの兵士もなぜ皆セイーク熱にかかっているのでしょうか」

腑に落ちないのは、北の地でそれほど流行することのないセイーク熱にかかってい
る者が多いことだ。

「なに、アミュゼカの兵士だと？」

グレメンソが目を剝いた。一般的な町民の格好なので気がつかなかったのだろう。

「この町でエルド様を襲っていた男でした。格好は普通の町民のようでしたが、動きが兵士のものでしたから間違いはありません」

「どうりでよそ者にしては乱暴だと思ったが、それはますますよくわからん事態だな。そのエルドという男がセイーク熱をアミュゼカの兵士に広めたのか？」

「それはなんとも命知らずではありますね。帝国軍の作戦か何かですか」

「俺の管轄外だな」

ヴォルミは否定も肯定もしなかった。しかし、セイルラオが軍と関わっていると聞いたことはない。作戦としては有効だろうが、彼も同じ病にかかっている理由も見当がつかない。

しかしアミュゼカの兵士たちがセイーク熱にかかっているから、現在ケイセティたちは待機を命じられているのかもしれない。つまり、彼らはいつからセイーク熱にか

かっているのかということになる。

「原因はわからんが、セイーク熱にかかっている患者は多いと。だというのに、薬がない。その上、特効薬になるガイシヤは全く流通が見込めない」

「エルド様は症状も落ち着かれて、意識も戻ったんです。ですから、危機は脱しました」

「だが厄介なのはぶり返すところだろう。熱が下がってからも薬を飲み続けなければ完治したとは言えない」

「そこは仕方ありません。次にガイシヤが手に入ってからまた治療を再開するしかありませんね」

静かに部屋に入ってきたケイセティに、ヴォルミの檄《げき》が飛ぶ。

「ケイセティ、相手の声を殺すとか基本もできなくて恥ずかしくないのか」

「うえっ、やっぱり怒られた！　僕だって精一杯やったの。野性的な勘で気配を探るヴォルミと一緒にしないでほしいよね。理知的で繊細な僕には背後からこられたら反撃するだけで必死なのっ」

「帝国軍人が言い訳すんな」

「ヤー・ゲイバッセ！」

ケイセティが直立不動で敬礼した。堂に入った姿に、身にしみついた行動だなと実感する。

失敗は死――それが軍人の世界だ。

言い訳は許されないとバイレッタの父は言っていた。

「とにかく無事でよかった」

グレメンソがほっとしたように笑う。

午前の診察を終えれば、交代でやってきたサイトールと入れ替わる形でヴォルミが軍へと戻ることになった。きっと何かしらの報告があるのだろう。他にもアミュゼカの兵士が潜伏している可能性が出てきたということだ。そのため、こちらに残ったケイセティは外へ見回りに行っている。

サイトールはまめな性格らしく、午前の診察を終えて出しっぱなしになっていた器具を片づけたりと護衛だけでなく手伝いまでしてくれた。

そんな中、バイレッタも同じように薬品棚に出したものを片づけているとくらりと眩暈《めまい》がした。

横で書き物をしていたグレメンソが顔を上げて、バイレッタをしげしげと眺める。

「ん、ちょっと待て……嬢ちゃん、こっちに来てここに座ってみろ」

「な、なんです？」

「立《た》ち眩《くら》みなんてよく起こすのか？」

「いえ、普段はありません。ただ、最近はよくありますから、きっと疲れが出たんでしょうね」

「ん、んん？　いや、とにかくここに座れ」

重ねて言われてしまえば、バイレッタもそれ以上拒めず、素直に彼の言葉に従う。診察台に腰かけて傍に立つグレメンソを見つめた。

「なんですか？」

「いや、家族や身内は近くにいないのか」

「元夫なら軍の施設で働いていますが、本当になんですか？」

なぜ、ここで家族の話になるのか。まさか、何かの病気にかかったとでも告げられるのだろうか。一抹の不安を抱えつつバイレッタは大人しくしていた。

グレメンソはバイレッタの手首の脈をはかりつつ、渋面を作った。

そうしておもむろに聴診器を取り出す。

「え、風邪とかですか？」

「診察してみないとわからん。そこに横になってみてくれ」

「別に気分が悪いわけではないのですけど」

なおも言い募るが、グレメンソは壁際に立つサイトールを見やった。

「おい、ちょっと部屋の外に出ていろ」

「は、はあ？」

サイトールが目を白黒させて戸惑っている。

「いいから、無駄に覗きの趣味があるわけじゃないんだろう」

「そんなことはありません！」

サイトールは慌てて診察室から出ていった。

部屋にグレメンソと二人きりになると、彼は聴診器をバイレッタのお腹に当てて、しばらく音を聞いた後、渋面のまま深々と息を吐いた。

「いいか、今から言うことをよく聞け――」


ケイセティが見回りから戻ってくると、正午すぎだった。結局、そのままミートパイを食べに行くこともなく、宿へと帰ることになった。出歩くのは危険だと判断したためだったが、ケイセティの落ち込みようはひどかった。

けれど、診療所から宿まで戻ってくる間、サイトールは無言だった。

それをケイセティが不思議そうに見つめる。

「小隊長、何かありました？」

「なんでもない」

「いや、なんでもなくないですよね。バイレッタさん、知ってる？」

「え、私とは関係ないと思うのですが。気分でも悪くなりました？」

バイレッタもケイセティと同じように首を傾げれば、サイトールはなぜか死にそうなほど真っ青になった。

「本当に大丈夫ですか？　顔色がとても悪いですけれど」

「……貴女に心配されるとか本末転倒だ……っ」

「バイレッタさん、本当にうちの小隊長に何やったの」

「何もしてませんよっ⁉」

ケイセティに胡乱な瞳を向けられ、バイレッタは慌てて首を横に振る。

心当たりなど一つもない。

けれど、指摘されたようにサイトールはどこか挙動不審だった。

「普段あまり動じないように努めてる実直な小隊長を青ざめさせるなんてよほどのこ

となんだけどな」

ケイセティは納得がいかないのかぽつりとつぶやいて、宿のほうへ視線を向けた。

それを受けて、取り繕ったようにサイトールが続ける。

「我々はいったん宿に戻りましょう。ヴォルミが戻っているかもしれません」

「わかりました」

バイレッタは頷いた。

だが宿に戻ると今度は困惑したようなテイランと出くわした。

「ああ、お帰りなさい。あの、エルド様がお部屋にいらっしゃらないようなのですが……」

「宿のどこにもいないということですか」

「そうなんです。気がついたら部屋から出ていかれたようで。何か聞いていますか？」

「まだ、それほどよくなっていらっしゃらないので、長時間出歩くのは難しいとは思いますが……」

セイルラオは長い間治療もせずに放置していたせいで、回復が遅くなった。しばらくは寝台の住人だったので体力も随分と落ちている。起き上がって歩いたりすることは可能だが、長い間動くのは難しいと思われた。

けれど意識を取り戻してからも、バイレッタとはほとんど交流はなかった。せいぜい彼に薬を渡すくらいだ。

バイレッタを嫌っている彼が目覚めたら出ていくだろうとは、サイトールからも言われていたのでそれほどの驚きはない。

だが、タイミングは悪かった。診療所が襲われて、アミュゼカの兵士が潜伏していることがわかっているこの状況で、セイルラオがふらふらと出歩いていては襲ってくれと言っているようなものだ。

考え込んでいたサイトールが、とにかくと短く息を吐いた。

「何が起きているのかわかりませんが、貴女はこのまま部屋にいてください。ヴォルミもまだ戻ってきていないようなので、情報を持っているかもしれない」

「けれどエルド様は出歩ける状態ではありませんし、帰ってこないのなら動けなくなっているかもしれません」

「だからといって捜しに行けるわけがないでしょう。まさか今から出ていくつもりですか⁉」

サイトールは顔色を変えて激高した。

「そんなに怒ることですか？」

「勘弁してください……私は貴女のご夫君ほど気が長いわけではありません」

なぜここでアナルドが出てくるのか。

その上、彼が気が長いだと？

短気とは言わないがそれほど穏やかな性格だと思ったことはない。

「別にサイトールさんにお付き合いくださいと言っているわけではありませんが……」

「必然的に付き合わされる破目になるんです！」

叱責を受けて、バイレッタは思わず耳を塞いだ。

サイトールもどちらかといえば必要最小限しか話さない。だというのに、これほど感情を顕わにしているのも珍しい。

「だいたい、貴女は以前から無鉄砲で考えなしで、おかげで私がどれほど苦労したか」

「え、それはいったいいつのお話です？」

彼の前でそんなに自由奔放に振る舞った記憶はない。しかも、随分前から迷惑をかけていたかのような口ぶりだ。

サイトールもはっとして、失言だと思ったのか黙り込んだ。

束の間の沈黙の後、テイランが思い出したように話を切り出した。

「そういえば、ヴォルミさんなら一度朝に戻ってこられていましたが、何か関係がありますか？」

「それはわかっていますが、しばらくここで待機になります。わかりましたか、待機ですからね」

サイトールに念を押されて、バイレッタは渋々頷いたのだった。


夕食後に談話室に呼び出されたので、バイレッタは階下に下りた。

そこには、ヴォルミも加えた三人がいた。

バイレッタが呼び出されたことを察したゲイルもついてきて、後ろに控えてくれている。三人は部外者に明かすことはできないと渋ったが、結局は折れてヴォルミが命令口調で説明した。

そして、バイレッタはヴォルミから告げられた内容に、思わず辛辣な声が出た。

「私、待機と言われましたよね？」

あれだけ念を押してきたサイトールにバイレッタは胡乱な視線を向けたが、彼はふいと視線を逸らした。

「なんの話だ？」

戻ってきたばかりのヴォルミが不思議そうにバイレッタとサイトールを見つめてくるが、答えるつもりはない。それに立て続けに起こった状況の変化は確実にバイレッタの精神に負担をかけていた。最終的には気まずい沈黙が落ちる。

あまり口数の多くない男は、元夫を彷彿とさせた。

そんな場合ではないけれど、ふと脳裏をよぎったエメラルドグリーンの瞳に、バイレッタの胸が途端に苦しくなる。

彼に伝えなければいけないことができてしまった。

診療所でグレメンソに告げられた言葉を反芻《はんすう》しながら、どんどん沈み込むような気持ちを無理やり上向けた。アナルドが指摘したように自信なんて、少しもない。

あの時は侮辱かと怒ってしまったけれど、実際に自信がないからこそいろんなことに手を出してしまうのかもしれない。認められたいと足掻《あが》いているような気がする。

「も、申し訳ありません」

サイトールが小さい声で謝罪するも、本人も困惑しているのだろう。雰囲気が伝わってきた。

「小隊長、何やったんだ？」

「僕もよくわかんないけど、なんか様子がおかしいんだよね」

「お前、ほんとその節穴なんとかしろよ」

「いやいや、これ僕悪くないよっ」

相変わらず寄れば口論になる二人に、冷めた視線を向ければ、ヴォルミが咳払《せきばら》いをする。

「とにかく、うちの大将閣下の呼び出しじゃ仕方ないから、ご足労願えますか、バイレッタちゃん」

戻ってきたヴォルミは、モヴリスがスパイ疑惑のあるバイレッタを呼び出して軍法会議にかけると息巻いていると告げた。軍からの正式な召喚状を突き付けられてしまったため、拒否権は初めからない。

「どうして彼女が応じなければならないのですか？」

ゲイルが冷ややかに切り込めば、三人は揃って顔を見合わせた。

「間男がなんか言ってんだけど、どうするよ」

「これが間男なのか……そりゃ中佐が心配するわけだよ。ミイナは大丈夫かな、可愛いしなあ、なんだか心配になってきちゃったな」

「お前の嫁自慢はどうでもいいだろっ⁉」

「あーやだなあ、ほんと。同僚がすぐに僻んでくるんだから。男の嫉妬は醜いよねえ、ミイナああ」

「馬鹿なこと言っていないで、お前たちも少しは適切な対応を考えろ」

「小隊長こそ、なんとかしてくださいよ。こんなのどう足掻いたって中佐に叱られる案件じゃないですか」

「そうそう、頑張って小隊長ー」

「あの、その間男と呼ぶのは容赦していただきたいのですが……」

切り込んだはずのゲイルが眉を下げて三人に懇願した。

茶番劇は眺めている分には楽しいけれど、当事者となるとまた違った感想になるのだなとバイレッタはしみじみと思った。

それはさておき、とうとう軍への召喚だ。

何が待ち受けているのか、考えるだけでも憂鬱になる。

ゲイルが付き添いを申し出てくれたが、さすがに一般人の軍の施設への立ち入りは許可がいるとのことで断られた。

こうして、バイレッタは気をつけてと念を押すゲイルに見送られ、次の日の朝には第三方面支部の駐屯地に向かうことになったのだった。

昨日までの曇天はすっかり晴れ渡った空に変わって、清々《すがすが》しい朝の空気に包まれている。久方ぶりに風のない穏やかな朝だった。

バイレッタはサイトールを筆頭に、ヴォルミとケイセティに挟まれる形になった。

ミイルの町を抜けて、森に差し掛かったあたりで欠伸《あくび》を嚙み殺しながら、ヴォルミが頭を掻いた。

「あーしばらくはまた軍のさっむい部屋かあ」

「まずいご飯もだよ……」

「お前、ほんと飯の話ばっかりだな」

「ミートパイは絶対食べる、もうそれくらいしか楽しみがないからね」

「お前たちは本当に特務をなんだと思っているんだ……」

「緊張感がないのはいいことですって小隊長ー」

「そうそう」

「なさすぎて問題だって言ってるだろう！」

「へーい」

「はあい」

間延びした二人の返事が、木々の間に溶けた。

雪深い森はすぐに山に差し掛かる。雪がかなり積もっているが、それをサイトールがかきわけ進む。なぜか他よりも道らしい道があるので、進むペースは速い。バイレッタは知らなかったが、毎日サイトールたちが報告のために往復した結果でもある。

この先に、第三方面支部の駐屯地があるのか。

それは元夫につながる道でもある。自然と足取りが重くなっていくが、バイレッタは努めて考えないようにした。

「……は大丈夫ですか」

物思いに沈んでいたバイレッタはサイトールの呼びかけを聞き逃した。

「なんですか？」

「体は大丈夫かと……いえ、寒くはないですか？」

「寒いのは仕方がないと思いますけれど」

冬の雪山が暖かいのなら、問題ではないだろうか。

「本当に、貴女という人は減らず口を叩きますね……」

「ええと、すみません？」

可愛げがないのは知っているし、義父のような厚かましい性格をしていたなら売り言葉に買い言葉で言い合うこともあるが、サイトールのような真面目な男からしみじみと言われてしまうと申し訳なさが先立つ。

「はあ、本当になんでこんな仕事が回ってきたんだ。私には絶対に向いてないのに……」

「小隊長ってば苦労人だから仕方ないんじゃないですか」

「お前に同情されると腹立たしいのはなぜだ」

「ヴォルミの性格のせいじゃない？」

「お前は、ほんと一言余計だって言ってんだろっ」

「事実を突かれたからって怒るのは男らしくないよ！」

ヴォルミとケイセティがぎゃんぎゃんと言い争いを始めたが、サイトールは額を押さえて呻いているだけだ。

「お疲れさまです？」

「……貴女のせいでもあるんですけどね」

労ってみたものの、サイトールは不快そうに舌打ちしただけだった。

「私ですか。では、何か協力できることがありますか」

「いえ、結構です。どうせ、話したところで改善するとも思えませんし」

「それは話してみないとわかりませんよ」

言い募れば、彼は振り返って深々とため息をついた。随分と失礼な態度ではある。

その時、真っ青な空に向かって真っ白な光がさく裂した。

「照明弾⁉」

「救難、というか増援信号だね」

「三時の方向だ、警戒しろ、隊列を乱すな」

サイトールの鋭い命令に、ヴォルミとケイセティが瞬時に反応する。

視界は白銀の世界で、雪を被った木々が乱立しているだけだ。

けれど、ごそごそと音がした途端に、真横から人影が現れた。

「連隊長殿⁉」

ヴォルミが声を上げた。

視線の先には銃を担いだアナルドがいた。軍から支給されている外套は雪まみれで、長く捜索していることが窺えた。

「しまった、こちらではなかったか。駐屯地で預かっていた捕虜が脱走した。銃の携帯が許されている、すぐにこの場を離れるように！」

「増援信号を見ましたが、手伝いますか」

「バイレッタを駐屯地まで無事に送ってください。ここは危険ですから」

ちらりと一瞥したエメラルドグリーンの瞳は普段の姿とはかけ離れて、悲愴《ひそう》な色を滲ませていた。僅かに潤んだそれに、バイレッタは囚《とら》われた。

『冷血狐』の異名を持つ元夫とはとても思えない。

なぜか胸が苦しくなって、締め付けられるように軋《きし》んだ。

スパイ容疑をかけられている元妻に、そんな目を向けてくる理由がわからなかった。

けれど思考はそこで中断された。どこからともなく乾いた音が上がり、空気を震わせたからだ。

「今度は五時の方向！」

「近いぞ」

サイトールが方角を示し、ヴォルミが短く警告した。

「そのまま、十時の方向に進んでください。そちらのルートが安全だと思います」

アナルドの誘導に従ってそちらに歩みを進める。その間も彼は四方を警戒しており、何かが起こればすぐに対処できるように努めているようである。バイレッタがいるから、守ろうとしているのか。だが、彼の身は誰が守るというのか。

ぽつりと雪山の中で佇《たたず》むアナルドの姿がひどく無防備のように思えて仕方がない。彼は軍人であるし数々の戦地を経験している。矛盾しているのはわかっているのに、なぜだか焦燥感を覚えた。

サイトールは懐から小さな鉄笛を取り出すと何度か規則正しく吹いた。風の音に似た音が断続的に続く。

「気休めですが、我々の位置を味方に知らせておきました。まあ音を聞いて敵も来るかもしれませんが、追われている身で明らかに敵に接近してくるとも考えられませんからね。これで迂闊に近づいてくることはないでしょう」

サイトールが緊迫を孕《はら》んだ声で告げてくる。本当に気休め程度なのだろう。

いつ流れ弾が飛んでくるかわからない状況で、安全などどこにもないのだから。

ためらっている時間はない。

それはわかっているが、バイレッタは一瞬、立ち止まって振り返ってしまった。

安全な場所がないのは、彼も同じなのだという気持ちが湧いて、頭から離れなくなってしまったから。

　そんな時、突如がさがさと再度真横から人の大きさほどの雪の塊が転がり出てきて、バイレッタにどしんと突進してきた。その衝撃を横腹に受けて小さく呻く。思いのほか強い力で自分の体を支えることもできなかった。

「悪魔の手先め、天罰を！」

　また、それか。

　昨夜のうちに帝都にいる秘書のドレクに手紙を書いたが、返事はとても間に合わなかった。結局、なぜアミュゼカの兵士に悪魔と呼ばれているのかわからない。

　頭では冷静に考えているがバイレッタは反撃する間もなく、そのまま横によろめいた瞬間、あるはずの地面が突如喪失した。

「え？」

　冬山は道の境の見分けがつきにくいとケイセティが話していた言葉が思い浮かんだ。

　やや離れた位置にいるアナルドが、驚愕《きょうがく》に瞳を見開いているのをぼんやりと眺めながら、バイレッタは微笑んですらいた。

　胸に満ちるのは、どこまでも安堵で。巻き込まれたのが彼でなくてよかったと、瞬時に考えた自分に戸惑う。

　ついとかうっかりとか付随したくなる感情は、どこまでも素直な気持ちの表れなのかもしれない。

そんなふうに考える心理を深く追求する前にバイレッタは浮遊感に包まれて、崩れた雪とともに落下したのだった。

間章 毒女への憎悪

夜会の煌びやかな格好をした人々の間から、セイルラオはただ一人の女を見つめていた。

憎い女は隣に立つ初老の男の横で、なんとも艶やかに微笑んだ。大輪の花が咲き誇るような笑みには毒々しさが見え隠れしている。誰も彼もがそれに気づいているというのに、彼女をもてはやすのだから虫唾《むしず》が走る。

ストロベリーブロンドの髪は学院時代に比べて、艶を増して光り輝くように見える。悪女は女神のような美貌にさらに磨きをかけて毒婦になったようだった。透き通るような輝きを放つ肌を豪奢《ごうしゃ》な衣装で包んで、どこまでも輝きに満ちている。

デルフォーレ伯爵家がホストを務めるこの夜会は、帝都では久しぶりに開かれたものだった。先の帝都のクーデター騒ぎでしばらくは自粛していたのだから、この会場に集まった旧帝国貴族派の連中のはりきりようは、随分と滑稽に映る。

その極みが、視線の先の女だ。

――バイレッタ・スワンガン。

子爵家の娘が旧帝国貴族派からも一目置かれている名家に嫁いだ。

計算高く、どこまでも周到に立ち回る。欲にまみれた男どもの視線など当然のように受け流して。

けれど軍人として名高い夫には構われなかったようで八年以上も放置されていたらしい。その点に関しては、セイルラオはアナルドを高く評価していた。毒婦に惑わされることなく軍人として職務を忠実に全うしてほしいと、ほの暗い満足感を抱えてほくそ笑む。

実際、夜会には一度として一緒に参加したことはなく、バイレッタはいつも義父のワイナルドを伴っていた。正妻を蔑《ないがし》ろにして、嫁が義父と懇ろになるなどよくある話ではあるが、大抵は男のほうからの一方的な関係であることが多い。女は飾り立てられたとしてもどこか悲愴感を帯びているものだが、彼女にその気配はなかった。たとえ夫から愛されていなくても、たくさんの信奉者がいるから満足していると言いたげである。

凛《りん》と伸ばした背筋に、自信に満《み》ち溢《あふ》れた立ち居振る舞いは、どこまでもセイルラオの自尊心を傷つけた。

どうしてあの女ばかりが恵まれる。

同じ軍人一家であり爵位は子爵と男爵という違いくらいしかない。スタシア高等学院という帝国随一の学院にも入学し学びを得た。その後、商人になる——そんな家に生まれた同じ境遇であるにもかかわらず、己には持たないものばかりを、ただ恵まれているというだけで、当然のように手にしている女には心底腹が立つ。しかもそれをまるで自分の力だけで成し遂げたかのように堂々としているのだ。

バイレッタが今、手にしているものはすべて周りから与えられたものであるというのに。

その美貌は両親から、商売の成功は大商人たる叔父から、夜会への参加は愛人である義父から、だ。

セイルラオは男爵家の三男で、特筆すべき容姿でもない。むしろ三白眼は人相が悪いと称される部類だ。その上、いつの間にか大きくなった体はこれまでの労働のおかげか分厚い筋肉に覆われそこいらの軍人にも引けをとらない。貴族派のような上級貴族からは煙たがられるような体躯《たいく》である。学院を飛び出して単身で商売を始めたから随分と辛酸を舐めた。けれどようやく成功してこうしてお高くとまった貴族派の夜会に参加できるだけの力を得たのだ。

白い目を向けられ、成り上がりと揶揄《やゆ》されたところでなんの痛手もない。

己の力で手に入れたという自負が、セイルラオを強くしていた。

けれど、あの女はセイルラオが苦労してやっと手に入れたものを、いとも簡単に手中に収めている。体を使って男たちを籠絡しては、甘い汁だけを啜《すす》っているのだ。

だからこそ、どうしても恥辱にまみれた女の姿を見て、溜飲《りゅういん》を下げたかった。

バイレッタが没落したケベッツ伯爵に取り入っている姿を観察しながら、ふんと鼻を鳴らす。

余裕ぶって微笑んでいられるのも今のうちだ。セイルラオは憐れな獲物に近づく気分で舌なめずりする。気分が上向くのは、きっと彼女の屈辱を噛み締める姿を想像して興奮しているだけだ。決して奇妙な熱を孕んで浮かれているわけではない。見惚れただなんて気のせいだ。湧き上がる疼《うず》きを無理やりに呑み込んだ。

とにかく遠慮なく憎しみをぶつけなければ、自分が信じていた何かが根元からぽっきりと折れるような気がした。

セイルラオは暗い感情をなんとか押し込めて、ケベッツ伯とその娘が離れたところを見計らって声をかけた。

「あんな落ちぶれた家まで狙うだなんて、とんだ悪女だな」

下品に吊り上がりそうになる口端を必死に抑えて、興奮に震える体を宥める。

「あら、セイルラオ・エルド様、よい夜ですわね」

バイレッタは振り返って、セイルラオを認めると澄ましたように答えた。その様子からはなんの憂いも見受けられなかった。

まだスワンガン伯爵家が廃爵されるかもしれないという噂を聞いたことはないのだろう。

だが、それも時間の問題だ。

バイレッタのスパイ疑惑のせいでスワンガン伯爵家は取り潰されるのだ。そのためにわざわざ仕事先にいたナリスの王族もけしかけた。彼はアミュゼカとひと悶着《もんちゃく》を起こしていたから、さらにバイレッタの境遇を悪くしてくれるだろう。布石は打ってある。

――さあ、誑かした男たちから見捨てられて、孤独に打ちひしがれる姿を見せてくれ。

噂を聞きつけたような顔をして、実際はセイルラオがすべてを仕組んだ。あとは仕掛けがうまく回って相手を穴に落とすだけだ。

己の手の中に彼女のすべてを握り込んだかのような多幸感にセイルラオは包まれたのだった。

けれど、セイルラオの栄華も長くは続かなかった。

納品した商品について追加の注文をしたいなどと連絡を貰って、のこのこと北のミイルの町まで顔を出したのがまずかったのか。

実際には追加の注文ではなく、返品だった。セイルラオが渡した商品は、アミュゼカの兵士たちにとって、甚大な被害をもたらしたため、己の背後に誰がいるのかと疑いをかけられたのだ。

それがどのような被害であったのか、セイルラオにはわからない。

だというのに、彼らの怒りは凄まじく、容赦がなかった。

これが、帝国軍人の策略かとまで言われては、一介の商人がそんな大それたことを考えられるわけはないと否定するしかない。そこでバイレッタの名前を出せば、悪魔の女の手先だと暴行を受けた。

すべての指揮を執っていたのは。真っ白な髪をした男だった。琥珀の瞳は光の加減で金色に見える。アミュゼカの軍服を着込んだ男は、椅子に座っていて足を組んでいた。なんともくつろいだ姿だったが、どこにも隙を見つけられなかった。

兵士たちに痛めつけられるセイルラオを見下ろしても眉一つ動かさない。底が読めない男が、何を考えているのか全くわからなかった。だが特徴的な容姿からセイルラオは彼の素性にあたりをつけた。

――『白い死神』。

アミュゼカの有名な工作員であり凄腕の狙撃手だ。

一度、狙われれば命はないと言われている。

小国であるアミュゼカが独立しているのは、国が傭兵国家だからだ。金さえ出せばどこにでも戦争を仕掛けていく。一応、王もいるが彼は傭兵王と呼ばれるくらいだ。自国の皇帝陛下は帝国軍を掌握しているが、それとはまた異なった存在である。軍の形式をとってはいるが、基本的には小規模の部隊で動く彼らはどこか粗野で荒々しい空気をまとっている。

そんな兵の中で彼は随分と異質な存在だった。工作員とはつまり一兵卒であるはずなのに、風格が感じられる。荒っぽい雰囲気はどこにもなく、むしろ静かですらあるというのに。

意外な人物像ではあるがセイルラオは知らず背中を冷たい汗が流れるのを感じた。

基本的に表に姿を現すことはないと聞いていた男が目の前にいれば、最終的な自分の姿など簡単に想像がつく。

だが、やはり責められる理由はわからない。相手の隙をついて逃げ出すだけで精一杯だった。

そもそも最初から、セイルラオは体調不良に見舞われていた。熱っぽい体はいつまでもすっきりせず、倦怠感《けんたいかん》がつきまとう。その上、暴行まで加えられては、ひとたまりもない。

狭い路地裏を走り、小雪舞う中を駆けずり回りながらぎりりと歯を食いしばった。ミイルの町は小さい。路地を捜されたら、すぐにセイルラオなど捕まってしまうだろう。逃げる当てもなく、ただ闇雲に前に進む。数刻前から続く原因不明の頭痛と発熱はさらに強くなったようで、触れば熱い体温は感覚的には凍えるほどに寒い。

そんな中逃げ回っているのだから、限界を感じていた。次第に朦朧としてくる意識の中で、思考は流転する。

「ああ、ほんと……馬鹿だな」

顔を覆った手は驚くほど感覚がなかった。もうすでに冷たいとも暖かいとも感じなかった。

ここで、終わるのか。

胸元を握りしめれば、木製の優しい感触が布越しから伝わる。お守りの確かな存在を感じながら、自嘲する。

ふと、あの日の情景が思い起こされた。

揺れる透き通る青——彼のカフスボタンを思わず見つめたまままつぶやいた。

「蒼穹《そうきゅう》の青……」

浮かぶのは穏やかで人当たりのよい青年だ。

スタシア高等学院の制服に身を包んだ小柄なセイルラオの小さな一言に、学院の校門に佇んでいた長身の男は穏やかな瞳を向けてきた。黒に近いこげ茶色の髪をさらりと揺らし、形のよい唇は弧を描く。

『おや、これを知っているなんて珍しいね』

同性からそんな優しげな瞳を向けられた覚えのないセイルラオは、思わず戸惑った。

家族ですら侮蔑を隠そうともしないというのに、見も知らぬ他人から向けられる視線ではない。

『す、すみません、僕……』

『謝る必要なんてないさ。これを知っている人がいることが嬉しいよ。なんせ大陸南端のツバル海域でとれる貝からしか作れない。帝都でもほとんど見かけることはないからね』

嘲りのない純粋な視線に促されて、セイルラオはカバンを抱える手に思わず力を込めた。

『僕……あの、海が好きで……いろんな貝殻を集めているんです』

帝都には様々なものが集まるので、市場に足しげく通っては珍しい貝殻を収集した。その中の一つに件《くだん》の貝があった。螺鈿《らでん》細工などに使われると知ったのは大きくなってからだが、手に入れた時から深い青の虜になっていた。遠い南の国ではその貝からとれる細工物は蒼穹の青と呼ばれるほど高く評価されている。海の中にある空の青――そんな洒落《しゃれ》た響きが好きだった。

『なるほど、それでか。では好事家である君に、これをあげよう。手を出してごらん』

男は上着の内ポケットから小さな木彫り細工を取り出した。

優しく促されて小さな手を差し出せば、大きな手が包み込むように木彫りを渡される。ひし形の木彫りには複雑な模様が彫り込まれていて、真ん中に穴が開いている。

『それを光にかざしてごらん』

『こう、ですか？』

男に促されるまま沈む夕日に向かってかざせば、日の光に透けて青い色がキラキラと輝いた。

『わあ！　凄いですね』

『向こうで作られてるお守りだよ。中に蒼穹の青が使われているんだ』

　確かに説明されたように木彫りの空洞の中に、青い色が見える。

『気に入ったら、いつでも店に買いに来てくれ』

『店、ですか？』

『ハイレイン商会って知っているかな？　帝都にある店ならいくつか蒼穹の青を使ったものを置いているよ』

『ハイレイン商会ですか⁉　もちろん、知ってます。貝殻を連ねた楽器を購入させてもらいました』

　ハイレイン商会は大店《おおだな》だが、大陸中の珍しいものを取り扱ってくれている。もちろん売れ筋ではないので、大抵は一点ものだ。だから出会えたら幸運だと考え、高いものでもついつい買ってしまう。

『ああ、あれを買ってくれたの君かあ。仕入れてきた時にあんなもの誰が買うんだって支店長から怒られたんだけどすぐに売れたから助かったよ』

『仕入れた？』

『ハイレイン商会は私の店だからね』

『ええっ!?』

ハイレイン商会は帝国どころか大陸中で有名な商会だ。それを己の店だと言い切る彼はつまり、そこの会頭ということだろう。

若い男であることも驚きであったし、何より商人らしい強引さなど微塵もない。平民とも思えない優雅さや気品も驚いた理由に拍車をかけた。

『今後ともぜひご贔屓に』

商人らしい文句を述べた男は、優雅にお辞儀をした。

セイルラオは手の中のお守りを握りしめた。

『それなら、これも売り物でしょう？　貰えません』

『子供が遠慮するものじゃない。それに、君にはお守りが必要だろう。幸運が訪れるように願ってるよ』

固辞するセイルラオに、男は己の頬を指でついてみせた。

自身の頬には、爪がかすった切り傷がある。同級生に殴られそうになった時に避けた時の傷だ。拳は食らわなかったが、爪が当たってしまったのだった。父親のしごきに比べれば、同級生の拳の速さなどましなものだ。

それでも小柄なセイルラオは標的にされることが多く、逃げ回るしかない。

誰かに心配してもらったのはいつぶりだろう。

　家族ですらセイルラオを案じることはない。友人らしい友人もおらず、教師たちは高位貴族ばかりを優遇する。家柄も体格も恵まれていない頭がいいだけのセイルラオに味方などどこにもいなかった。

　だから、胸が詰まって言葉がすぐに出なかった。

　なんとか必死で千々に乱れた感謝の言葉を言いかけた時、後ろから声が聞こえた。

『叔父様、お待たせしました』

『ああ、バイレッタ！』

　男はセイルラオの背後からやってきた少女に駆け寄ると両腕を広げて抱きしめた。

『四ヶ月ぶりだね、変わりないかな。ほら、可愛い顔をよく見せて』

　先ほどまでの落ち着いた優雅なさまをどこかへ吹っ飛ばして、喜色満面に少女を可愛がる男に、セイルラオは愕然とした。

　けれど、のちに少女が叔父を誘惑して商売のイロハを教えてもらっていると知ってからは彼女へ向けられていた羨望や嫉妬がはっきりと憎悪に変わった。ほの暗い感情が明確に敵意となった瞬間だった。

　男から貰ったものは宝物のように肌身離さず持っている。首から下げて大事にしてきた。木彫りの軽いお守りが、セイルラオを支えてくれていた。触れているだけで安堵が広がる。

回想から抜け出せば握りしめたお守りの感触が戻ってくる。

夢から覚めるかのように瞬きを繰り返して荒く息を吐く。

本当はあの女を彼から引き離したかった。けれど、それももう難しくなってしまった。

セイルラオは学院を退学して、商人として生きることにした。見習いから始めて、旅商人になって。店を構えて、それなりに名が通るようになって。

そうして、相変わらず堅苦しい帝国に戻ってきて、彼女が変わらずにハイレイン商会を利用してサミュズに甘えて己の才覚だけで成り上がったような勘違いをしているのを知った。

だから彼女の商品を奪って、倉庫に火を放った。それを帝国軍に自分の商品であると偽って売りつけようとした、あの日からすべての歯車は破滅へ向かって動き出したのかもしれない。

軋む音は、セイルラオの未来の陰りを暗示しているようだ。

知り合いの貴族をけしかけて、工場の立ち退き要請を出した。

彼女に正義の鉄槌《てっつい》を食らわせたような気分になって、ただひたすらに高揚したというのに、結局はこんなところでみじめに体を震わせている破目になった。

セイルラオは壁に背を預け、ずるずるとしゃがみ込んだ。

外套にしみ込んだ水が泥のように重たい。

その重さで地に埋まり込みそうでさえある。

もう立ち上がる気力も残っていなかった。

そうしてすべてが暗転した。


うっすらと瞳を開ければ、見知らぬ場所にいた。

節々の痛みは続いていたが動けないほどではない。喉はひりついていて、ひどく渇いていた。視線を動かせばサイドテーブルに水差しが置いてあるのが見える。

体を起こそうと力を入れると、呻きが漏れた。

熱を持った体はどこまでも熱い。だというのに、信じられないくらい寒い。そうして体中が悲鳴を上げるほどに痛い。もう何が苦しいのかわからないほどだった。

「……静かだな」

アミュゼカの兵士に追いかけられていたところまでは覚えている。そのまま捕まったのだろうか。それにしては随分と部屋は静かだ。

いや途切れた記憶だが僅かにあの女のストロベリーブロンドの髪を見た気がした。まさか同じように捕まったかと思ったが、過ごしやすいように整えられた部屋にそれも違うかもしれないと否定した。

すると、部屋の前に誰かがやってくる気配がしてセイルラオは慌てて目を閉じて息を殺す。

軽いノックの音がして、入ってきたのは二人だ。

セイルラオの返事を求めていないところをみると、意識が戻ったとは気づかれていないようだ。

「まだ、よくならないのでしょうか」

「そんなすぐには治らないものですよ。特効薬がないので尚更《なおさら》ですわ」

一人は聞いたことのない男のもので、もう一人はバイレッタだ。

「けれど、もう三日も経つ」

「それだけ病気を放置していたということでしょう。今は何より安静です。報告に行きますか」

「それには及ばない」

「ふふ、ご苦労されているのでしょうね」

「……一応、貴女にもその一因はあるのですが」

「ええ？」

「ご自覚いただけないようで……こちらに代えの水差しを置けばいいですか」

バイレッタの心底不思議そうな声音に、あからさまな誘惑などはない。媚《こ》びた様子も感じられなかった。そもそも病人がいるところで、それはないだろうと思い直す。それくらいの分別はあるようだ。一歩部屋を出れば、彼女は豹変《ひょうへん》するのだろうか。

「そうですね、ありがとうございます」

「では、用事が済んだのならさっさと出ましょう」

「そんなに急がなくても時間を気にするような予定はありませんが。あ、ついでにカーテンも開けてくださいな」

「了解しました」

バイレッタはか弱い女を演じるつもりはないようで、どこまでも強気だ。だが、相手をしている男は不愉快さなど微塵も感じさせない。硬い口調ながらどこか楽しげではある。

「また今日も薬を取りに行くのでしょう。なら、早いほうがいい。あそこは明らかに人手が足りていない」

「ですから診療所をお手伝いするいい口実になります。一緒に行ってくださるんですね、助かりますわ。グレメンソさんは余計な手伝い人を置くつもりはないようで」

「あの人は随分と気難しい方のようですからね。私で手伝えることならやりますよ。ところで、彼の目が覚めたら放り出すんですよね」

「そんなことはしませんよ」

「なぜです？　彼について調べましたが、あまりいい評判は聞きません。強引な手法で商売を広げたせいか、敵も多い。長く同じ場所にとどまれば、その分厄介事が増えるだけですよ。その上、貴女は彼と仲が悪いと聞いています。彼だって意識が戻れば、勝手にどこへなりとも行くでしょう。これ以上貴女が面倒を見る理由などないのではありませんか」

「むしろなぜ放り出すことが前提なのか不思議なのですが。エルド様ご自身で出ていかれるのであれば問題ありませんが、放り出すくらいなら助けたりしませんよね」

セイルラオを見捨てろと告げる男に、バイレッタは決して頷かなかった。誘いには嬉しそうに応じるふりをするくせに、了承する言葉は簡単に吐かない。毟《むし》り取《と》るものもないほどの無価値なセイルラオに、さすがの毒女も同情したのだろうか。

アミュゼカの兵士に追われて熱を出して意識の不明瞭な憐れな男だとでも思ったのだろうか。

その瞬間、腹の内を食い破るほどの怒りが湧いた。

憎い女に同情されるくらいならば、利用して利用しつくしてやる。

そうしてすべてを知った後に、絶望するがいい。その瞬間を夢想して、暗い笑みを浮かべる。怒るか、泣きわめくか、それとも――？

積み上げてきた計画はしっかりと終わりを告げていたのに、まだ終わりではなかったのだから、真実の終焉《しゅうえん》まで見届けよう。その先にきっとセイルラオが望んでいる破滅がある。

完膚なきまでにバイレッタを叩き壊すのだ。

その時に、知ればいい。

バイレッタが同情して助けた男の本当の姿を。

みじめな病持ちの先のない男では決してないと思い知ればいいのだ。

固く決意をして、バイレッタたちが部屋を出ていく気配を探る。完全に静かになった部屋の中で目を覚ましてから隙を窺った。

後から部屋にやってきたバイレッタから話を聞けば、彼女につきまとっている男たちは帝国軍人のようだ。それも監視などという不穏な任務についている。アミュゼカに外套を卸したのはバイレッタであると情報操作している件だろうとは容易に想像がついた。

つまり、あの男の作戦は続行ということだ。

確信を得たセイルラオはそうして、バイレッタにつきまとっていた軍人の一人に取引を持ち掛けた。昼前に宿に一人で戻ってきた藍色の髪の男に声をかければ、彼は面白そうに軍の施設へ案内することを引き受けてくれた。

そして連れてこられた軍の施設の一室で、セイルラオは無言で自分を見つめる美貌の男と対峙する。

モヴリス・ドレスラン——『栗毛《くりげ》の悪魔』の異名を持つ男は、背後に控える屈強な軍人たちと比べても異彩を放っていた。

飄々《ひょうひょう》としていて、どこか憎めない雰囲気がある。体格もどちらかといえば痩身で、浮ついた様子は軍人とはかけ離れている。舞台俳優だと言われても納得できるような軽薄さだ。

けれど、こうして改めて対峙してみるとにこやかに見えるのは口元だけで、紅の瞳は随分と冷ややかだ。さすがは帝国軍のトップたる大将の座に若くして就いているだけはある。

「やあ、久しぶりだね。のこのこ顔を出した度胸は褒めてあげるけれど、それ以外では、ご褒美はあげられないよ？」

なぜこの男にバイレッタのところから盗んだ外套を売りつけられると判断できたのか、今となっては不思議だ。結局、彼の指示に従ってアミュゼカに売りつけたが、そこからは転落の一途だ。まさに悪魔の囁《ささや》きに乗ってしまったとしか思えない。

カラカラに渇いたような喉を必死に動かして、言葉を紡ぐ。

「ですが、閣下の目論見《もくろみ》通りにアミュゼカはここに攻めてきたじゃないですか。あの女の仕業だと情報操作もされているのでしょう」

バイレッタから聞いた話によれば、すっかりスパイ疑惑は定着していて、軍からも通告書を貰っているとのことだった。

「そうだね。苦労して根回しして、そうしてやってきたアミュゼカの兵士たちがみんな病気になっているのだけれど、君は何か知っているの？」

「は？」

モヴリスに告げられた内容がうまく頭に入らずに、間抜けな声を上げてしまった。

「うーん、やっぱり自覚はないのか……」

「どういうことですか？」

問いかけに、モヴリスは答える様子はなく、別のことを口にした。

「そうだねえ、せっかく面白くなってきたのだから、君には別のことをしてもらおうかな。近々バイレッタをスパイ容疑で軍法会議にかけるんだよ。だから、そこで彼女の指示でアミュゼカに外套を売りつけたと証言してほしいんだ。簡単でしょう」

にこやかな微笑を浮かべる男を前に、セイルラオは頭を必死で働かせたけれど、答えなど決まっている。

「もちろん、やります」

——それが、さらなる悪魔の企《たくら》みであることなどわかっていたけれど、そっと目を逸らしたのだった。

第六章 愛されている自信

目を開ければ、見知らぬ天井だった。

窓のない小さな部屋には寝台が一つと机が一つ置かれているだけだ。貴族の部屋に見られる華美さや、これまで泊まっていた宿で見られるくつろぎなど欠片も見つけられない。

体を起こせば、どこにも痛みはなかった。直前の記憶は何かにぶつかってすっぽりと落ちたところまで。着ていた外套は脱がされて壁に掛けられていたが、それ以外は変わりがない。

落ちた後にどうなって、この殺風景な部屋で寝かされているのか全く理解できなかった。

考えられるとしたら、自分を連行していた彼らが助けてくれたのだろうか。

それより、脱走した捕虜はきちんと捕まったのだろうか。まさか自分だけが安全な場所へと運ばれたのだとは考えたくない。誰にも怪我はなかったのだろうか。

もんもんと思考に耽《ふけ》っている時に部屋にノックの音が響いた。

「……どうぞ」

眠ったふりをしようかと思ったけれど、結局は状況を把握したくて声をかけてしまった。開かれた扉の向こうには、アナルドが立っていて、なぜか遠慮がちに中へと入ってきた。

ベッドに体を起こした状態のバイレッタは、脇までやってきたアナルドの存在を感じた。じっと見下ろされているのもわかったけれど、一度逸らした視線を元に戻す勇気がない。

彼の無事な姿を確認して最初は安堵したけれど、それが落ち着けば、元妻のところに何をしに来たのかという不信感しかない。

言葉もなく、無言であることがさらに不安を煽る。

「――もう二度とごめんだ」

床に跪《ひざまず》いたアナルドが、自身の震える手を上掛けに置かれたバイレッタの手に重ねた。彼の熱を感じて視線を向ければ、思いがけず彼を上から見下ろす形になった。そんな場合でもないのに、宝石のように輝くエメラルドグリーンの瞳が祈るように閉じられて、改めて彼のまつ毛の長さを実感する。

「お願いですから、目の前から消えないでください……あんな絶望、耐えられない」

「……どうして……？」

そんな懇願をされていい女ではない。

スパイ容疑をかけられて、あっさりと離婚に応じたくせに。突き放したくせに。

今更、いったいバイレッタに何を望むというのか。

勇気を振り絞って問いかければ、彼は小さく頭を振った。まるで聞き分けのない子供のような姿ではあるけれど、バイレッタはひどく胸がざわめいた。

「――愛しているからだと、言いました……っ」

手に触れているだけなのに、全身全霊で縋られている気がするから不思議だ。

「愛は冷めたのではないのですか？」

存外、冷静な声が出た。だというのに、アナルドは叱られたように愕然と両目を開いて、バイレッタを見上げた。

「以前よりもずっと、貴女を知ってから毎日、愛情が増していくのだと知りました。冷めることなど、ありませんよ」

本気で言っているのだろうか。

バイレッタは冷めた感情でいつもより感情的になっている男をまじまじと見つめた。

まだ彼から愛されているのか？

だとしても泣いてほしいと言われたのも事実で。彼の言葉を信じたい気持ちもないわけではないけれど、ひねくれた自分にはどうしても素直に受け取れない。

「だって、怒っていたから泣いてほしいだなんておっしゃったのでしょう？」

「ん？　怒っていたのはバイレッタですよね。だから、許してほしいのは俺のほうですが」

「はあ？」

今、自分は何を聞かされているのか。

相変わらず言葉数の少ない男だ。というか、説明が全く足りていない。

ふとケイセティの言葉が思い起こされた。もっと会話をしろと助言を貰ったけれど、この状況でどう会話をつなげば欲しい言葉が出てくるのかわからない。

「怒っているのはスワンガン中佐では？」

「バイレッタ、俺は妻からそんな呼ばれ方をするのは不本意です」

「申し訳ありませんが、貴方が何をおっしゃっているのか理解できません」

話が脱線するから呼び名など正直どうでもいい。

だというのに、さも重要であるかのような顔つきで窘《たしな》められたのでバイレッタはむっとしつつ答えた。

　そもそも怒っているのはアナルドだというのに、許してほしいのもアナルドとはどういうことだ。ではバイレッタが泣かなければいけない理由はなんだというのだ。賭けまでして要求される意味がわからない。

「謝罪が欲しいわけでもないのですが。いや、それより、体は大丈夫ですか。一応、軍医からは問題ないとは聞いていますが。敵兵は単純に体当たりをしただけで、落ちた時も柔らかい雪の上でクッション代わりになったそうですが」

「平気です。ですから、ちゃんと答えてください」

　はぐらかされるつもりはない。

　説明をと目で促せば、アナルドは渋々話し始める。

「領地で貴女が薬で前後不覚になっている時に、俺になんと言ったか覚えていますか？」

　領地で媚薬《びやく》でおかしくなっていた時のことなど、はっきりとした記憶はない。

　だが、確かにあの時からアナルドが怒っていたのは確かだ。

「記憶は曖昧です。ですから、ご迷惑をおかけして申し訳ないと言いましたよね」

「ですから、それです。貴女は俺に何度も謝っていました。だから、俺は怒っているんです」

「謝っても許されないほど不快だったのなら、もう顔を合わせることすらしないほうがよいでしょう？」

「貴女のどこに謝る必要があるのですか」

「は、あ？　ですから、ご迷惑をおかけしたと……」

「妻が困っているのを助けるのは夫として当然でしょう。迷惑だなんて思いませんし、謝る必要なんてありませんよ。それが貴女が与えてくれた夫の権利だと考えていましたが、間違っていますか」

不機嫌そうに顔を顰めている男を、思わずバイレッタは凝視した。

怒っているのは本当だろう。

けれど、彼が怒っている内容は、バイレッタが考えていることとは違うようだ、ということだけは理解できたような気がする。

「けれど、貴女は謝ってばかりだ。今回のことだってそうです。俺に一言あってもよいのではないですか。離縁に同意するような手紙を送りつけてくる前に、です。それとも、そんなに俺は不甲斐なく頼りない夫ですか」

「スワンガン領地がはく奪される時は何もしなかったではないですか」

「あれは父の領分だと言いましたよね。ですが、妻を助けることは夫たる俺の役目でしょう。それを貴女も了承してくれたのだと考えていましたが、どうやら違ったようです」

「それは――」

アナルドが頼りないというよりも、多分信用の問題なのだ。

彼を夫だと受け入れたけれど、あくまでも書類上の関係であると考えていた。

彼からの愛情も感じるし、自分も少なからず彼を思っているけれど、それは一時的なものであって、有限だ。

自分たちの状況が変われば、変質してしまうような曖昧なもののように捉えてしまう。

独りで立っていなければ、きっと彼に寄り掛かってしまったら、今回のように失った時にどうすればいいかわからなくなるから。彼に愛想が尽きたと言われたら、きっと自分が自分でいられなくなるだろうから。

「でも、仕方がないのはわかりました」

なんら感情の籠もらないぽつりとつぶやいた声には、先ほどまでの愛情など欠片も見つけられない。つまりこれで本当に彼から見限られたということでいいのだろう。

怯える自分を覆い隠して、アナルドの言葉を待つ。

何を言われたところで、独りで生きていける。今ならばまだ――。

「貴女は俺に愛されている自信がないのですから」

バイレッタは自分の耳を疑った。

信じられなかった。

彼は今、なんと言ったのだ。

「自信がないって……」

スワンガン領地でバイレッタに向かって自信がないと告げたアナルドは、別に侮辱しているわけではなかったのか。やはり彼は言葉数が少ない。どう考えても喧嘩を売られていると腹を立てていた自分が馬鹿みたいではないか。

というか、愛されている自信ってなんだ⁉

バイレッタの困惑などあっさり無視して、彼はそのまま言葉を続けた。

当然のように、彼女の何もかもを見透かして。

「俺がどれほど愛を告げても貴女は少しも信じる素振りがない。俺が八年間も放置した挙げ句に、貴女に会った最初の夜にあんな最低な賭けを言い出したことが要因なので自業自得ではあると自覚していますが」

アナルドはそこでいったん言葉を切って、痛みをこらえるかのように顔を顰めた。

それは初めて見る彼の姿で、そして初めて聞く後悔の言葉だった。

バイレッタが結局、彼を信じきれない根幹でもあるもの。

「すみませんでした、バイレッタ。俺が愛しているのだから、貴女が俺に愛されている自信がなくても平気なのだと考えていましたが、そもそもそれが間違いだったのですね。俺の最初の過ちが貴女への愛を一時的なものだと思わせるのだと理解しました。貴女がもう二度と勘違いしないようにこれからも愛を捧《ささ》げ続けます」

告げられた内容に、バイレッタの頬は熱くなった。よほど真っ赤になっているのだろう。アナルドはいつもの余裕を取り戻して、面白そうにくすりと小さく笑った。

「返事も何もいりませんよ、俺の想《おも》いに無理に応えなくて構いません。俺の妻は臆病で意地っ張りだと知っていますからね」

「よ、よかったではないですか。そんな意地っ張りの可愛げのない女と離縁できたのですから。上司に感謝されてはいかがですか」

この言い方が可愛くないのだと思うけれど、バイレッタのひねくれた性格などそうそう変わらない。しかもアナルドが甘やかな瞳を向けてくるから、ますます助長するのだ。

「何を言っているんです。俺の妻はとても可愛いですよ。寄り添えば逃げようとするし、優しくすれば戸惑ってくれます。褒めれば照れ隠しで困ってくれますし、抱きしめれば身を硬くして応じてくれますからね」

「全く可愛さを感じませんが！」

諸々《もろもろ》のことがばれている！

かっとなって頬がさらに熱を持つ。羞恥に身悶《みもだ》えしつつ、けれどアナルドの態度にも疑問を持つ。彼の感覚はどうなっているのだ。

それのどこが可愛い妻なのだ。いや、そもそも単純に彼の言い分を聞けば、妻から嫌われていると思って落ち込むところではないだろうか。

なぜ嫌がられていると思わないのか。

何より、彼が面白がっているような雰囲気を感じるのが腹立たしい。先ほどまでの殊勝な態度はどこへ行ったのだろう。

「愛を告げれば怯える妻が可愛くないわけがないでしょう？」

アナルドは言うなり、立ち上がってバイレッタを抱きすくめた。

力強い腕はゆるぎなく、冷えたバイレッタの体に熱を与える。

覗き込むように揺れるエメラルドグリーンの瞳はどこまでも鮮やかで、強烈だ。

「俺に近づかれるたびに、依存しないように必死で虚勢を張っている健気《けなげ》な妻を愛さずにはいられないでしょう？」

「随分と自信家ですこと！　本当に嫌われていないとお思いですか」

「はは、俺の妻が嘘はつかないことを知っていますから」

珍しく破顔したアナルドをきつく睨みつける。

「大嫌いだと申し上げましたけれど？」

「はい。ですから、光栄だと言いましたよね」

悪口しか言っていないのに、どこまでも蕩《とろ》けるような笑顔を向けられてバイレッタは言葉に詰まった。

感情を向けられるのが嬉しいと言ったのは目の前の男だ。

決して愛を囁いたわけではないのに、確信しているところがとにかく苛立つ。

頭のいい男は嫌いだ。

特に勝手に妻を暴いて納得してしまうような男は大嫌い。

言葉は素直に受け取ってくれればいいのに、常に裏を読んでくる。暴かれてバイレッタの弱さを見透かして、その上つけ込んでくるような意地悪な男なんて本当に大嫌いだ。

「そちらのほうから一方的に離縁すると送ってきたくせに」

「ああ、それで怒っていたんですか」

「別に怒っていたわけではありませんが……」

「冷血な旦那様だなんて嫌味を書いて寄こすくらいには動揺していただけたんだと自惚《うぬぼ》れてしまいました」

「——っ」

気づかれないような文句を込めてみた。軍からの通告書を受け取ってその場で書いてしまったものだ。出来心というやつである。

それを深読みされてもただただ恥ずかしいだけで！

「ですから、そんな負けず嫌いな妻に、泣いてほしいんですよね」

「嫌がらせですか？」

賭けを言い出した時も確かに泣かせたいと言っていたが、ここにきても念を押してくるとはどういうつもりだ。

いや、待てと心に防波堤を設ける。自信がないと挑発した時と同じなのではないか。

嫌な予感しかしない。

案の定、アナルドは艶やかな笑みを浮かべて、言い放つ。

「泣かせて縋らせて甘えさせてみたいのが、今回の俺のお願いです」

「——絶対に嫌です！」

そんな自分が根底から覆るようなこと絶対にしない！

「でも、賭けに勝ったのは俺ですからね。次に会ったら続きをしましょうとも言いましたよね」

自信たっぷりに告げたアナルドは、そのまま優しくバイレッタに口づけるのだった。


「そもそも謝罪をしなければいけないのは俺のほうですよね」

肌に口づけを落としながら、澄ました顔で男が告げた。

もうすっかり吐く息は熱いし、頭はすっかり蕩けているのに。

だからなぜ、この男は人の頭が働かない時に限って余計な話をするのだ。

「謝罪？」

先ほど真摯に謝っていたと思うのだが、それ以外に何か謝られることがあるだろうか。あるような気もするが惚《ほう》けた頭で考えられることなど僅かで、靄《もや》がかかって言葉にならない。

「今回の離婚騒ぎで、友人に事情を話したら最初の賭けの内容について叱責を受けた上に、何も謝っていないと怒られました」

「……？　んあっ」

「ああ、ここが気持ちいいですか？」

さらりと撫でられた場所に甘やかな刺激を感じて腰を揺らせば、アナルドは執拗に、けれど優しく同じ仕草を繰り返す。

「ですから先ほども謝らせていただきましたが、それとは別に反省してやり直しのためにも貴女に続けて賭けを申し入れたのです。けれど、どうしてか俺が勝ってしまうようで……重ね重ねすみません」

「あ、謝るつもり……っん、あります？」

人の体を組み敷いて、好き勝手弄《いじ》られて、翻弄されっぱなしのこの状態で、本当にこの男は謝るつもりがあるのか疑問しかわかない。しかも普段口数が少ないくせに、よくしゃべるのも業腹だ。

そもそも賭けには負けるつもりだったようだが、そのわりには勝った時のお願いが、アナルドが楽しむものばかりなのはどういうことだ。

「反省して態度で示しているつもりですが、伝わりませんか？」

肌を這っていた顔を上げて、アナルドが小首を傾げてみせた。

心底不思議そうな顔で見下ろされると、文句の一つも言いたくなる。

だが整わない息を繰り返していれば、再度すみませんと謝られる。

「そんなに物欲しそうに見つめなくても休んだりしませんよ。力も入らなくなってきたようですし、俺のお願い叶えてくれますよね」

「はあ――きゃあっ」

アナルドはそのままバイレッタの体を起こすと、下肢に座らせた。

「腕はここで、こうして回してください」

「な、な……っ」

完全に上半身をくっつける形でアナルドの首に腕を回している。バイレッタの背中に回った腕で支えられているけれど、なぜだか身動きが取れなかった。何もしていないのに自重で勝手に息が上がる。

「時間をかけて甘やかすので、甘えることを覚えてくださいね」

耳元で囁かれた言葉は毒のようにとろりとして鼓膜を震わせる。

宣言通りの執拗さで丁寧に愛撫《あいぶ》を施される。指も舌も時には彼に吹きかけられる息でさえ、バイレッタの肌を嬲《なぶ》って理性をはぎ取られていく。行為の合間に囁かれる言葉のすべてが愛情に満ちていて、愛を告げるものだ。まるで言い慣れているような饒舌さに普段を知っていなければ錯覚しそうになる。

恥ずかしさに顔を逸らせば、瞳を合わせるように顎を捉えられる。強引さはないけれど、強要されることが何よりも羞恥を煽った。

「逃げてもいいですよ」

自信に満ちたエメラルドグリーンの瞳はどこまでも尊大だ。だからこそ、引き込まれるのか。

いつも虚勢を張っていて、自分を鼓舞している。

セイルラオのことを笑えない。自信なんて一つもない。

本当の自分のことを愛してくれる人なんて、どこにもいないと思っていたのに。

「……逃げても、追いかけてきてくれますか？」

理性はすっかりどこかへ飛んで、迷子になったような途方に暮れた感情だけ。

だからこそ、こんな弱音のような懇願を口にできるのだ。

「当然です、今回のことで絶対に離さないと誓いましたからね、逃がしませんよ。自由に泳がせて捕まえるのは得意ですから、狐の狩りの仕方を教えてあげましょうか。でも、その前に俺に愛されていると体で覚えてほしいですね」

今の自分はこれが精一杯なのだけれど！

きっと嫌だったら最初から命がけで拒んでいる。とっくに逃げ出しているはずだ。だというのに、こんな状況になっている時点で、彼を受け入れている。意地っ張りでひねくれているから素直に認めるのはどうしても簡単ではないのだけれど。

込み上げてくるのは、泣きたくなるような甘い疼きだ。

目の前の男の熱を愛しいと確かに感じるのと同時に、涙が喉につかえたような切なさを感じた。どうして、そんな気持ちになるのかわからないけれど、彼の今回の願いを素直に叶えるのはバイレッタの矜持《きょうじ》が許さない。

「では、離さないでください」

バイレッタがなけなしの勇気を振り絞って告げれば、背中に回ったアナルドの腕に解くつもりもないというように力が籠もる。ぬくもりが、力強さが、彼の答えだと知る。そうして、バイレッタの不安な心を抱え込むように瞳の奥に愛情を揺らめかして甘く囁いた。

「愛しい妻のお望みのままに――」

「バイレッタ？」

存外、しっかりした声で名前を呼ばれ、重い瞼《まぶた》をこじ開ける。つむじへのキスから始まり、優しく髪を撫でられて心地よさにまた目を閉じそうになる。

「ああ、すみません。まだ、眠っていて大丈夫ですよ」

頭を抱き寄せられて、アナルドのしっとりとした生肌にぴったりとくっつく。お互い何も身に着けていないことに気がついて、羞恥で目が覚めた。もともと寝起きはよいほうだ。

「軍の施設の一室で、腕の中に妻を抱いて閉じ込めているというのもいいものですね」

アナルドがなんとも感慨深くつぶやいているが、ここがどこなのか聞いてもいなかった。

「あの、私はここがどこかも知らないのですが。私が道から落ちた後、どうなったのですか？」

「ここは山の中腹にある軍の施設ですよ。貴女が捕虜とともに道から転げ落ちて、雪に埋もれているところをすぐに助け出しました。その後、ここに連れてきて軍医にも確認をしてもらって気を失っているだけだと言われましたが、問題がないようならよかったです。捕虜もきちんと収容しましたから心配ありませんよ。どうやら貴女が着ていた外套が断熱と保温に優れていたそうで、雪に埋もれても無事だったのだと軍医が感心していましたよ」

「あれは完成品なので。量産はできませんが、機能的にはすべてを詰め込みましたから」

「ああ、以前に話していた開発中の外套ですか。貴女が完成品を着てくれていてよかった。近々、軍法会議が開かれますので、それまではこちらに滞在していただく形になります」

召喚状を貰っていたので、それは納得している。その軍法会議で、バイレッタは無実を証明するだけだ。

「ですから、しばらくは一緒ですよ」

昨晩の情事を思い出して、さらなる恥ずかしさでバイレッタは悶えた。

一応は、夫の職場だ。そして、夫は今、従軍中である。バイレッタがここに連れてこられたのは甚だ不本意ではあるが、かといって夫の行為が許されるとも思えない。破目を外したと叱責くらいで済むのかも判断がつかない。

「あの、こんなことをしている場合ですか？」

流されてしまったものの、彼の仕事は大丈夫なのだろうか。

そもそも、昨日は何の用があってこの部屋を訪れたのだろう。用件すら聞いておらず、バイレッタは愕然とした。

けれど、アナルドは考え込むような表情になった。

「私、そんなに不思議なことを申し上げたつもりはないのですが？」

常識的な問いを口にしただけなのに、なぜ彼はこうも真剣に考え込んでいるのか。

「そうですね。貴女は悪くないですよ。いや、むしろ魅力的すぎるのは罪なのでしょうが、俺の問題ではあります」

つまり、ここが自分の職場だったらどうだろうと考えてみる。バイレッタの工場で一夜を明かしてしまっただなんて考えたくもない。流されてしまったバイレッタもよくなかったけれど、確かにアナルドの言う一面もある。

「昨日は名目上貴女を尋問するつもりで来たのでしたね。これも尋問の一環ということで、もう少し続けますか？」

「ご冗談を！　それより、名目上ということは本当の用事はなんなのですか」

「もちろん、倒れた妻の看病ですよ。別れたと思い込んでいる妻に夫がどれほど愛しているのか知ってもらうためでもあります。ですから、まあ目的は遂げられました。もしわからないというのなら、わからせるだけですけれど」

エメラルドグリーンの瞳が妖しく光ったので、バイレッタはひっとのけ反った。

昨日の濃厚な夜――というか感覚的には先ほどまで散々嬲られていたのだ。これ以上はもう本当に無理である。体が悲鳴を上げている。ついでに心も羞恥で限界と叫んでいる。

「も、もう十分ですから――っ」

「残念ですね。一晩でわかってしまう程度だと思われるのもなんだか不愉快ですが」

アナルドは一瞬顔を顰めて、ふと目を瞬かせた。

「愛していますよ、バイレッタ。俺の人生に色をつけた責任をとってもらいますからね」

「そ、そんなことをした覚えが全くないのですけれど……」

己のどこに彼がそれほど惹《ひ》かれるというのか理解はできないけれど。

否定したところで、熱くなる頬は隠しようがない。今までは彼に愛を囁かれても聞き流していられたというのに。

アナルドもバイレッタの変化をわかっているのか、満足げに微笑んだ。

「時間のようですから、朝食を運ばせます。そこで、これまでの説明をさせてください」

用事を言いつけるためにアナルドが部屋を出ていき、バイレッタはなんとか身支度を整えた。といっても着替えは宿に置いているので、昨日と同じ服になる。部屋に簡易のシャワーブースがついていたので、それを使わせてもらって、服を着たところでサイトールが二人分の朝食を運んできた。

トレイに載った朝食は簡素なものだが、量だけは多い。

サイドテーブルに置いて、彼は部屋を見回した。

「中佐はどちらに？」

「彼の部屋に戻られたと思いますが」

「この時間になっても戻ってこないとなると、どこかで捕まっているのか……」

「昨日はあの、すみませんでした。大丈夫でしたか？」

バイレッタがおずおずと切り出せば、サイトールは目を瞠って、深々と息を吐いた。

「保護対象を見失うなど軍人失格ものですからね。貴女は何一つも言うことを聞かないですよ」

「あの、ご迷惑をおかけしました」

意図したことではないとはいえ、隊列を乱して余計な手間をかけたのは事実だ。バイレッタは頭を下げた。

「スワンガン中佐からは叱責を受けましたし、部下からは呆れられました。あれにはとても困りましたね」

「え、それは大変でしたね」

「はい、本当に大変だったんです……しばらくは別の用事で出かけるので、貴女と関わらなくてよくなって胃痛も改善すると思います」

思い切りいい笑顔で告げられて、バイレッタは面食らった。

彼は基本的に難しい顔をしているか無表情であることが多く、笑ったとしても小さく口元が上がる程度だ。こんな満面の笑みを見たことなど一度もなかった。だというのに、もの凄い嫌味とともに破顔されてしまった。

「では、中佐を助けに行ってきます。戻ってきたら彼にもしっかり叱られてください」

叱られることは前提なのか。

すでに顔を合わせているが、アナルドから叱られた覚えはなかった。朝食の席で説明をすると言っていたが、お説教も含まれているのか。

バイレッタは心なしか浮かれた様子のサイトールを見送って、複雑な心境のまま寝台の端に腰かけた。

しばらくするとアナルドが戻ってきた。

「どうかしましたか？」

「サイトールさんが朝食を持ってきてくれました」

「そのようですね。で、何かありましたか？」

「ええと、私を叱りますか？」

アナルドが虚を衝《つ》かれたように、動きを止めた。

そのまま瞬きを数回繰り返して、バイレッタを凝視する。

「それは……俺に叱られたいという意味ですか？」

「違います！」

断じてそんな趣味や嗜好《しこう》を持ち合わせているわけではない。

「時々部下にも頼まれるので、断っているのですが。まさか妻からされたお願いまで同じとは驚いてしまいました」

なんだかおかしな言葉が聞こえた気がしたが、バイレッタは聞き流すことにした。

なかなか賢明な判断であると後になっても思う案件である。

アナルドはトレイをバイレッタに手渡しながら、自身も近くにあった椅子に座った。

「むしろ、中尉たちを叱らなければなりません。護衛の役目をまるで果たしていなかったようなので。サイトール中尉には話してあるので、他の二人にも言い聞かせておきます」

「え、護衛ですか？」

朝食を食べ始めたアナルドがあっさりと口にしたが、バイレッタは流すことはできなかった。

護衛ってなんだと疑問に思って、守ることかと理解はしたが、心が全く納得しなかった。だが、アナルドは頓着せずに朝食を食べ続けている。彼の朝食はバイレッタの三倍ほどの量が盛られているが、今は少しも気にならなかった。

「ええ、護衛です。貴女をこの町で見かけたからすぐに派遣したと言いませんでしたか？　そもそも彼らも説明しているはずですが」

聞いていないと思うが、よくよく思い返してみれば、最初に彼らはバイレッタに同行したいと申し出てきたのだ。その時に、監視を同行と言い換えたところで騙されないぞと意気込んだ。

だが、そもそもそれが勘違いだったということか。

バイレッタはどっと脱力した。

ケイセティの助言が浮かんで、盛大に顔を顰めてしまう。

『僕、思うんだけど。きっとバイレッタさんたちは圧倒的に会話が足りないんじゃないかな』

この言葉足らずの男を前にして、どう会話をしていけばいいのか、明確で具体的な助言が欲しかった。

切実に！

「貴方から聞いた覚えもありませんし、彼らは特務だからと内容を明かさなかったんです」

「ああ、なるほど。ドレスラン大将にばれないように秘密裏に動いていたからですね」

「ドレスラン大将ですか？」

「今回の離縁状は閣下の指示で送られたようです。そのほかにも何やら動きがあるようですが、完全に巻き込まれましたね」

巻き込まれたの一言で片づけられるのも業腹ではあるが、他に言葉が見つからない。

そうか、巻き込まれたのか――。

スワンガン伯爵家の取り潰し問題から始まり、怒濤の出来事が数多、走馬灯のように脳裏を過ぎて、バイレッタは眉間に皺が寄るのを感じた。

「すべての企てはドレスラン大将でいらっしゃるということですか？」

「企てというか、主に動いていたのは閣下ですね。どのような思惑があるのかはまだはっきりしませんが」

「……そうですか」

「バイレッタ？」

幾分、声が低くなってしまったのは仕方がないのではないだろうか。

「それで、きっちりと説明していただけるのですよね」

「俺のわかっている範囲のことであれば説明できますが、朝食を食べたら貴女に確認してほしいことがあるのです」

「確認ですか？」

「朝食を食べ終えてからで構いませんから、まずは食べてしまいましょう」

アナルドに促されて、バイレッタは添えられていたフォークを手に持つ。

それを確認してアナルドが簡潔に説明したことは、隣国のアミュゼカが攻めてきた時の装備品がバイレッタが提供したものだと見なされていること。また、帝国の軍事機密をアミュゼカに流したと考えられているということだった。

「アミュゼカの兵士が身に着けていた装備品は、こちらで一部を押収していますので、後で確認できます。ただ、軍事機密を敵国に流したというのが、どの情報のことかは未確認ですね」

「わかりました。では、まずはその装備品を見せていただきたいですわね」

「準備はしてありますので、どうぞ」

二人で朝食を食べ終えたところで、アナルドはバイレッタを案内した。

部屋を出て、ひたすらに長い廊下を進む。バイレッタがいた部屋は施設の中でも外れのほうにあるらしい。一般の兵の立ち入りを禁止しているらしく、廊下には誰の気配もない。廊下を進んだ先に、広いホールのような場所に出た。そこからすぐ右手に進めば同じような扉がいくつも並んでいるのが見えた。放射線状に広がる廊下をホールでつないだような構造をしているらしい。アナルドは迷うことなく、その扉の一つを開ける。広々とした部屋は大きな机が真ん中においてあるだけの簡素なものだった。

「戦略室として使うこともありますが、今は押収された品を集めている部屋になります。装備品はこちらの一角ですね」

部屋に入って、木箱が積み上げられた前に立ったアナルドはその蓋を開けて、中から一つの外套を取り出した。

それを見て、バイレッタは思わず声を上げる。

「これはどういうことですか？」

「こちらは、アミュゼカの兵士が持っていたものを押収したものになります」

「まさか！」

バイレッタは思わずアナルドの言葉を否定してしまった。

これがここに存在しているわけがないのだ。だというのに、よく似たものだと思いたいのに、何度凝視しても同じものにしか思えない。いや、厳密にいえば布地は少し異なる。けれどデザインや形、ボタンまで全く記憶の中のものと同じなのだ。

「これは夏に、倉庫の火災が起きた時に一緒に燃えたはずのものです」

試作品として作っていた軍用の冬の雪山にも行軍できるほどの防寒具だ。見た目は普通の外套だが、細部までこだわったので同じ形のものがあるとは信じられない。しかもこの形は八番目の試作品だ。その時はなぜか腰の飾りベルトにこだわっていて、そこに火打ち石のようなものをくっつけられないかと試行錯誤していたのでおかしな飾り帯留めがついている。

だが、この試作品たちは夏に起きた倉庫火災の時に消し炭になったと報告を受けている。

「倉庫の火災ですか？」

「工場の昔使っていたほうの倉庫に入れておいたものの一つです。どうせ廃棄処分にするのだからと同じようなものを置いていたのですが、放火されてしまったようで……というか、あの放火がもしかしてこれを盗むために？」

「そういうことでしょう」

「なんてこと……完成品には程遠くて、撥水《はっすい》加工すらまだ整っていないようなものなのに。形だけ真似《まね》たところで十分な機能を発揮するとは思えないわ」

「でしょうね。彼らはこれを悪魔の外套だと呼んでいましたよ」

「あ、悪魔の外套？」

バイレッタが散々悪魔と呼ばれていた所以《ゆえん》だとようやく判明した。わかったところで嬉しくもなんともないけれど。

冬の雪山行軍を可能にした奇跡のような外套を目指していたのに、真逆の効果にバイレッタは思わず呻き声に似た音を発した。

「ほら、おとぎ話にあるでしょう。冬山で遭難した男が悪魔から外套を貰って暖かいと喜んでいたら実は騙されていて裸のまま凍死していたっていう話が」

「なるほど、悪魔の外套……」

もの凄くショックだ。

「これをアミュゼカに売り込んだ男はどんな雪山も行軍できると豪語していたそうです。そのままアミュゼカは帝国に意気揚々と攻めてきた、と。ですが、こちらに来て問題が起きたようで」

「それは偽物だったからでしょう？」

「実はとても暖かかったらしいんですよ。ですから、あちらの国を出てからも誰も気がつかなかった。ここまでやってきて彼らは気がついたんです」

「何に、です？」

外套は偽物で、普通の外套だ。加工も縫製も粗い仕事で、加工されていない布地で仕立てた外套を納品しただけにしか見えない。だというのに、暖をとれるというのは不思議なものだ。

「皆、発熱していて気がつかなかったそうなんですよ」

「発熱……まさかセイーク熱ですか？」

バイレッタは保管されている押収品をじっと凝視した。幸いにもここは寒い。だから、きっと大丈夫だ。

アミュゼカも土地は寒いはずだが、なぜ外套を着た兵士たちが発熱にかかったのか。

「ああ、やっぱり。なんてことなの――」

バイレッタはそこにあるはずのないものを見つけて、ぽつりとこぼした。

「貴女の周りで同じ症状で苦しんでいる者がいましたか。そいつが今回の発端を作った犯人です」

酷薄な笑みを浮かべたアナルドは、壮絶に美しかった。こんな時にどうかとも思うが、見惚れてしまったのは確かだ。散々冷血だの冷酷だのと言われている男は、研ぎ澄まされた刃物のような鋭さに、冬の真っ白な雪原の風景のような静謐《せいひつ》さがある。

けれど、内容が内容なだけに、いつまでも見惚れているわけにもいかない。

覚悟を宿して、バイレッタはアナルドのエメラルドグリーンの瞳を見つめ返す。

「発端ということは、他にも思惑があるということですよね？」

「アミュゼカの兵士が男を捉えて尋問したそうですが、貴女の指示で外套を売ったのだと話した以外に対して情報を持っていなかったそうなのです。もちろん、病気についても知らなかった。ですから黒幕はバイレッタということになったようなのです」

「でも私は外套を盗まれただけで、何も関わっていません」

捕虜の証言からスパイ容疑をかけられたにしては、事態が大きくなりすぎている気もする。つまり、騒動を大きくしている者がいるということだ。

「そうですね、ですから他にも誰かが絡んでいる——筆頭は閣下でしょうけれど」

正直、アナルドの上司の悪魔の考えることなど全くわからない。

ここまでバイレッタを陥れる理由に心当たりなどない。単純にアナルドへの嫌がらせだと言われても納得できてしまうような不気味さがある。面白ければ何をしてもいいと語るようなまさに悪魔のような男なのだから。

「正直、どこからどこまでが、誰の思惑かはわかりませんが、便乗している者がいるのは確かですね。それで、アルレヒト殿下から、連絡が来ていたんですよ」

ここにきて突然アルレヒトの名前が聞こえて、バイレッタは目を瞬かせた。

「ゲイル様が、アルレヒト様が逃亡されたと捜しに来ておられるのですが」

「ああ、貴女の叔父と一緒にこんなところまで何をしに来たのかと思ったら、彼を捜しに来ていたのですか。それは、困りましたね」

「どうかされたのですか？」

「彼は今、ここにいますよ」

「ここ？」

首を傾げたバイレッタに向かって、アナルドは床を指さして大きく頷いた。

アルレヒトが滞在していたのは軍の駐屯地の一室ではあったが、バイレッタが昨日泊まった簡素な部屋とは趣が全く異なった。

どこからか運び込ませた洒落たソファに長い脚を組んでふんぞり返って座っている青年は、豪華な金色の髪も宝石のようにきらきらと輝く真っ青な瞳も、別れた時と変わらない。一瞬、ここがどこだか忘れてしまったほどだ。

アルレヒト・ハウゼ・ヴィ・ナリス——ナリス王国の第三王子にして、先般スワンガン領地にて傍若無人に振る舞った迷惑男ではある。バイレッタとゲイルを閉じ込めて、アナルドと口論になったきっかけを作った人物でもあるのでわりと恨んでもいいのではないかと思うのだが。

酒を優雅にグラスに注《つ》いで、香りを楽しんでいたアルレヒトは、やってきたのがバイレッタだとわかると、さらに瞳を輝かせた。

「バイレッタ、元気だったか？　スパイ容疑をかけられて、アナルドとは別れたと聞いたが」

「え、ええ。元気ですわ、それに——」

「バイレッタは俺の妻ですので、気安く近づかないでください」

バイレッタの後ろから抱きつくアナルドに、アルレヒトは顔を顰めた。

「出た！」

アナルドが化け物扱いになっている。どれほどの心的被害を与えられたのだろうか。

バイレッタは、思わず額を押さえて呻いてしまった。

「な、なぜ一緒に……別れたのではないのか？」

「軍から一方的に別れさせられそうになりましたが、まだ受理はされていません。ところで、ゲイル殿には居場所を話してあると聞いていましたが、どうやら彼は貴方の居場所を知らなかったようですが？」

「え……っ？」

矢継ぎ早に説明したアナルドの言葉に、途端にアルレヒトの顔色が変わった。

ゲイルはアルレヒトの従兄《いとこ》でもあるので、従者以上に気安い関係ではあるはずだが、彼の様子を見ていると、怒られるのは確定なのだろう。

「ああ、そうだったかな……言ったような気がしたんだが。でも、あの……ほら、私も有益な情報を提供しただろう……？　ゲイルに話してくれないか」

「え、そうでしたか？」

夫よ、空気を読んで優しくしてあげてください。

仮にも王族相手だというのに、少しも敬意を払う様子のないアナルドに、なんと言ってこの気まずい雰囲気を晴らせばいいのか見当もつかない。スワンガン領地にいた時も同じような態度だったので、望むだけ無駄なのだろうが。

「アル様っ」

乱暴に扉を開けて飛び込んできたのはゲイルである。

ヴォルミの案内でミイルの町にいたゲイルが、やってきたのだ。

一般人立ち入り禁止ではあるはずの軍の施設に関係者がいれば、ゲイルの滞在を断る理由はなくなる。

アルレヒトは蒼白《そうはく》になってソファの上でのけ反っている。

「よくも騙しましたね、あれが婚姻契約書だって話じゃないですか」

「先に騙したのはゲイルだろう。部屋に向かったらあちらの家族が一堂に会しているだなんて状況だぞ。私は何度も嫌だと言ったじゃないか！」

そもそもアルレヒトが逃げ出した理由は、婚姻契約書にサインを迫られたからだった。逃げ出したいと考えていた時に、たまたまバイレッタの境遇を知って、渡りに船とばかりに帝国へとやってきたのだ。

「一度は納得してあちらに向かったくせに何をおっしゃっておられるのか。それに顔合わせの席だとはお教えしましたよ。話をよく聞いていなかったアル様に落ち度があるのではありませんか。そこで契約書が出てきた時点で結婚だろうとは思いましたが、貴方が仕事の話であると言い張るから信じたのに。だいたい、よくアミュゼカの国王と婚約者の前で結婚しないだなんてそんなことが言えましたね、おかげで向こうの王はカンカンですよっ」

アルレヒトはアミュゼカの王女との婚姻話が進んでいる。春には婿入りするらしいが、今の会話を聞く限り難航しそうではある。そもそも先に手をつけたのだから、責任をとるのは当然なのではないだろうか。

ゲスには優しくする必要はないので、アナルドの冷たい態度も許容したくなる。

「ちゃんと仕事の話もあったんだ」

「そうですか、それはとりあえず先方と話してください。とにかく、さっさと帰りますよ。それでアミュゼカの国王に誠心誠意謝罪してください」

「嫌だ！」

「拒否できる立場であると思わないでください。バルバリアンにも知らせましたから、すぐに迎えがきますすよ」

「そんな、無情だ！」

「当然の対応ではありませんか。てっきりバイレッタ嬢のところに来ると思っていたのに、まさかアナルド様のところにいたとは。帝国軍の駐屯地は貴方がかくれんぼしていい場所ではありませんよっ」

「べ、別に隠れていたわけではない。私はちゃんと情報を提供した！　それも仕事の一環だ」

「アナルド様、どういうことですか？」

ソファにしがみついて主張するアルレヒトに痺《しび》れを切らして、ゲイルが胡乱な瞳をアナルドに向けた。

「まあ、確かにいただきましたが。アミュゼカの兵士が揃って病気になって、外套を売りつけるように指示をしたバイレッタを恨んでいると――」

先ほど押収品を見ながら説明してくれたことは、アルレヒトからの情報だったのか。だとしたら、随分と役に立つような気はする。少なくとも、セイルラオが仕組んだことであることはわかったのだから。

「ほら、みろ。ちゃんと役に立っている」

「その件に関しては、すでに捕虜にしたアミュゼカの兵士たちから話は聞いていましたので」

「つまり、新たな情報はなかったということですね。アル様、帰りますよ」

「そんなっ」

悲痛な声を上げて、アルレヒトはそのまま廊下へと駆け出した。

「ちょ、どこへ行かれるのですか」

「こうなったら、きちんと働けることを証明すればいいんだろう」

廊下に飛び出したところで何ができるとも思わないが、アルレヒトは何か目的があって駆け出したようだ。けれど、すぐにやってきたケイセティとぶつかる。

「ぶっ、だ、誰⁉」

「ぼさっとすんな、捕まえろっ」

「え、ええ、ヴォルミ？　無茶言わないで、なんかやたら身分高そうなんだけど……」

ケイセティはためらいながらもヴォルミの命令を受けて、しっかりとアルレヒトを廊下に転がしているあたり、さすが軍人ではある。転がったアルレヒトは何が起きたのかよくわかっていないようで、目を瞬かせた。

ケイセティの足で背中を踏みつけられているというのに、文句の一つも上がらない。

「そのまま、踏んでおいてください。アル様、大人しくしていてくださいね」

「無茶を言うな！　無礼者、私を誰だと心得る！」

「いや、ほんと誰なの」

ゲイルが慌てて声をかけるが、アルレヒトはケイセティに踏みつけられた胴体を必死で動かして暴れている。ようやく状況が呑み込めたようだ。

「いえ、それよりクロヤト、なぜこちらに？」

「ああ、そうでした。スワンガン中佐、捕虜たちが外套を売りつけた黒幕――バイレッタさんに会わせろと暴れていまして。こうして迎えに来たのです」

「捕虜たちが？　今更なんの話があると……」

「脱走をする理由もわかりませんし、連れてこなければ、それ以上の話はない、と」

「そうですか、わかりました。彼女の安全に配慮できるならば向かいましょうか」

答えたアナルドに、ケイセティが大きく頷いたその後ろから人影がさっと現れた。

「待て、何者だっ」

「悪魔めっ、覚悟を！」

ヴォルミが制止の声をかけるが、さらに一際大きな声を上げて、男が抜き身の剣を片手に駆け込んでくる。しかも、何人も、だ。

「坊や、さてはつけられたなっ」

「ひっ、すみませんっ」

「防衛陣形を取れ」

短く命じたアナルドに冷静に応じる声が方々から上がり、狭い廊下いっぱいに剣戟《けんげき》の激しい音があちこちから聞こえる。それまでの静寂が嘘のように、一瞬で戦場に様変わりした。よく見れば、襲撃者のほうが数が多い。いつの間に、これほどの人数が向かってきていたのだろう。ケイセティの背中に隠れてわからなかった。しかも狙いはバイレッタなのだ。

今は距離があるけれど、すぐに巻き込まれてしまうのがわかる。

アナルドが瞬時に、腰元の剣を抜いて投げて寄こした。それを受け取りつつ、アナルドを見やれば彼は鞘《さや》を構えている。

「彼女にも剣を？　正気ですか」

「十分な戦力です、このまま制圧しますよ」

ヴォルミが悲鳴じみた声を上げるが、アナルドは余裕で答えている。

この混戦の中で、バイレッタに逃げるなどという選択肢があるわけもない。けれど、アナルドは鞘だけで戦うというのか。

彼の剣の腕前はわかっているが、バイレッタは抜き身の剣を敵に向けてふうっと息を吐いた。彼はバイレッタの実力をよくわかっている。そして自分の力量も。相応の対応をしただけだ。バイレッタは鞘だけで敵を制圧できるほどの腕前はないのだから、当然の結果ではある。アナルドにはあるというだけだ。

敵を見据えて、集中する。

次々と襲いかかる剣をかわしては、切りかかる。反撃に怯《ひる》んだのは敵のほうだった。

まさか、商人が剣を振り回して反撃してくるとは考えなかったのだろう。

ヴォルミが口笛を吹いて囃《はや》し立《た》てた。

「さすが『閃光の徒花』だ」

できれば、その名前は忘れてほしい。

アナルドもヴォルミもゲイルも余裕をもって相手を撃退しているのに、自分は目の前の相手をするだけで精一杯なのだから。

アナルドは剣の鞘を使って相手の武器を無効化し、叩き落とし、床に沈めている。

あまりの速さと優雅さに思わず予定調和を疑うほどだ。

襲撃者の数が多くても一瞬で片がついた。

さすがにヴォルミもゲイルも乱戦には慣れていて、落ち着いていた。不意の襲撃にも動揺が見られなかった。

意識を失って倒れこんだ男たちは廊下に静かに横たわっている。

「助かったあ」

ケイセティが、廊下に倒れ込んだままのアルレヒトを壁際に寄せながら、安堵の息をついた。

「お前たち帝国軍人は揃いも揃って他国の王族を少しは敬うことを学べ！」

引きずられた時に顔をこすったのか、赤くなった鼻を押さえながらアルレヒトが盛大に文句を垂れた。

「アル様、助けられたのですから、ひとまずよかったではないですか」

「見殺しにしていたら、国際問題にしてやる」

ゲイルが苦笑しているが、アルレヒトは真剣に怒っていた。

踏まれていないのに、起き上がる素振りもない。寝転がったまま怒鳴っても威厳もまるで感じられないが。

「捕虜をひとまず別の部屋にまとめて放り込んでおいてください。捕虜たちをバイレッタの元まで案内したクロヤトの処分は追って連絡します」

「ヤー」

アナルドの言葉に短い敬礼で答えて、ケイセティは覇気なく床に転がった襲撃者たちを引きずっていく。ヴォルミは四人ほどまとめて抱え上げている。ウィードほどの怪力ではないと話していたが、十分に力持ちだ。

それを見送って、立ち上がって服についた埃《ほこり》を払っていたアルレヒトを見やる。

「ところでアルレヒト様はどちらに向かわれる予定だったのでしょうか」

「ああ。だから、あいつらのところだ。アミュゼカの兵士は今、大きく三つに分かれているらしく、一つはミイルの町に潜伏している者たちで、こちらは傭兵稼業に重きを置いている金のためならどこにでも属する者たちだ。アナルドが潜伏先をいくつか探してはくれたが、芳しい情報はないんだろう」

「そうですね。ただ、金次第で動く者たちなので、アミュゼカとのこれ以上の雇用契約は薄いと考えています。離れた時点で契約は切れたものと見なして間違いはないかと。他国に情報を流されれば厄介なので動向を探ってはいますが、ミイルの町にいるのなら問題はありません」

アルレヒトが説明したところ、アミュゼカが今回侵攻してきたのは冬山を越えられる防寒具があったからだそうだ。それが紛《まが》い物《もの》だとわかって作戦は中止になったらしい。そのため、前金だけ受け取ってアミュゼカの軍から離れた者たちがミイルの町にとどまっているとのことだった。冬の街道を大勢で移動しては目立つことこの上ない。春先まではここにいるとアナルドも考えているのだろう。

「もう一つは今、襲撃してきた方たちですよね」

「そうだ。先の戦闘の際に帝国軍の捕虜になった者たちだ。どちらかといえば残りのやつらはアミュゼカの傭兵王を慕っている者たちで、王の意向にわりと従う連中だ。こちらは昨日から騒ぎを起こしているんだが、その理由が残り一つの隠された者たちのためだ」

「隠された？」

アルレヒトは尋ねたバイレッタをちらりと横目で見つめて、言いにくそうに説明を続けた。

「病気になった二千人の兵士が、どこかへ連れていかれたらしいんだが、所在がはっきりしない。悪魔の仕業と囁かれていて、その黒幕がバイレッタだと思われている。今回、アミュゼカの国王から頼まれた仕事が、その行方不明の者たちを捜すことなんだ。どうやらアミュゼカに報告に戻ってきた者たちの話では死んでいるか殺されているかと考えているようだ」

だから執拗にバイレッタが狙われるのかとようやく納得した。

外套を売って病気になるように仕向けたことだけで、なぜこれほど狙われるのかわからなかった。襲撃者たちは自分たちも一緒に死んでいいと言いたげな特攻精神に溢れているからだ。バイレッタさえ殺せればそれで問題ないと考えている節がある。

自決覚悟の必死さの理由がわからなかったが、病気の者たちまで一ヶ所に集めて隠して殺してしまったのなら、恐怖の対象になるだろう。恨まれても仕方ない。

「ここにいる捕虜たちも同じように考えているため、病気になる前に脱走しようとばかりするのです。殺すつもりはないと訴えても全く聞き入れない」

アナルドが疲れたようにため息をついた。

もしかしたら脱走騒ぎはわりと頻発している事態なのかもしれない。

「もちろん、私はバイレッタの無実を信じている」

アルレヒトがバイレッタの手を握って、瞳を覗き込むように笑顔を向けてきた。

輝くような笑顔はすぐに大きな影で遮られてしまった。アルレヒトの間に割り込むようにアナルドがバイレッタを横から抱きしめたからだ。もちろん握られていた手もアナルドがしっかり取り返して握っていた。

「ご心配いただかなくとも、妻の無実は夫である俺が一番よくわかっています」

「やっ、あの……」

そんな無駄な張り合いは心臓に悪いので、やめていただいて構わないのだが。

アナルドの腕の中で固まったバイレッタはどうすればいいのかわからず、ただ顔を赤くして呻きに似た声を漏らす。

「アル様！　少しは自重してください。仕事ならば滞在するのもわかりますが、アナルド様を挑発するのはやめていただきたい」

「少しくらいいいじゃないか。ここにはメイドもいないし、女性士官は別棟にしかいないし、女性があまりに少ないんだ」

ゲイルがすかさず注意したが、アルレヒトは悪びれた様子もない。

「それほど女性が恋しいのなら、いつでもミイルの町に行っていただいて構いませんよ」

「あそこはあんまり遊べなかったんだ」

だからゲイルが町にアルレヒトの行方を捜しに出ても何も摑めず戻ってきたわけだ。

彼の苦労を思えばバイレッタには苦笑しか浮かばないが、アナルドの助言は戻ってくるなと言いたげである。体よく町に押し付けようとしているのは確かだが、アルレヒトはすでに試した後なので、アナルドの思惑通りにはいかないのも明白である。

バイレッタは至極呆れた。

「いったい、貴方は何をしにこちらに来られたのですか？」

青筋を立てたゲイルがアルレヒトに迫った。

言葉は丁寧ではあるが、身にまとう怒気が幾分廊下の温度を上げている気がする。普段穏やかな人を怒らせると心底恐ろしいものだ。

アルレヒトもさすがにゲイルを怒らせたとあって顔色が変わる。

「ま、待て、ゲイル。話せばわかる、ほら、同じ男じゃないか」

「全く理解できませんね。お二人とも少し失礼しますよ。ほら、アル様、さっさと部屋に戻りましょう」

そのまま二人はアルレヒトが滞在していた部屋へと戻っていく。これから長い説教が始まるのだろう。

残されたバイレッタとアナルドは、二人が部屋に消えるまで静かにその場で見送ることしかできなかったのだった。

第七章　悪魔との対決

脱走騒ぎがいったん片づいた数日後には、何事もなかったかのようにバイレッタは微笑みを浮かべたモヴリスと対峙していた。あれほどの騒ぎだったにもかかわらず穏やかそうな彼はまるで知らないように見えるが、この抜け目のない男が騒動を知らないはずはないのでなんとも不気味なことではある。

召喚状に応じてやってきたバイレッタだったが、この度ようやく軍法会議が開かれたのだが、正直自分に関わっている時間などあるのだろうかとは思っている。

「ようこそ、帝国陸軍第三方面支部へ。バイレッタ。気分はどうかな？」

ずらりと並んだ軍人たちの真ん中に座っているのがモヴリスだ。

大将という地位にありながら、今回のすべての企みの中心にいる人物に、バイレッタはちらりと視線を投げかけた。

軽薄そうな表情で楽しげな様子は変わらない。

心底、食えない男だとわかる。これが夫の上司なのだから、彼にはいささか同情する。

「閣下と同じくらいだと考えております。間違っていますか？」

気後れを悟られないように前を向き、にこやかに微笑めばモヴリスも底の見えない笑顔を浮かべた。

柔和に見えるのだから、本当に厄介なことではある。

「君が僕と同じ気分だって？　可愛がっていた部下に悪い虫がついたら払うべきだよね。おかげで僕の気分はすこぶる悪いんだよ。君もそうだとは思わなかったな」

最初に縁談を持ちかけたのはモヴリスであるというのに、厄介なことになった途端にそれを忘れたかのように振る舞う姿勢はいかがなものか。

「それで、今日呼ばれた理由はわかっているのかな」

「全く心当たりがありませんので、そちらから述べていただけると助かりますわね」

バイレッタは外套を盗まれてスパイ容疑をかけられて、婚家のお家取り潰しと脅されたため離婚させられた。軍からの仕事もなくなって、わりと散々な目に遭っているだけではないだろうか。そろそろ救いがあってもいいのではないかと真剣に思ってしまう。

渋面を作りたくなるのを殊勝に困ったように微笑んでみせれば、そこかしこから失笑が浮かんだ。ちらりと壁際に佇むアナルドに視線を向ける者もいる。心の中で何を思っているのかは考えるまでもない。

「可愛い部下の元お嫁さんだからさ、優しくしてあげてるつもりなんだけれど。相変わらず可愛くないね」

「閣下に可愛いなどと思われたら、困ったことになりますのでよかったですわ。あちこちで女の闘いが起こっていると聞き及んでいますので」

女癖の悪いモヴリスは過去から連綿と続く数多の美女たちが彼のお気に入りの立場を手に入れようと争っていると聞いている。それを軽やかにかわしているようだが、いつか刺されるぞとバイレッタは内心で思っていた。

「そうなんだよね。僕ってば本当にもの凄くもてるからさ。そんな話を持ち出すなんて、容赦はいらないってことだね――」

笑顔のままのモヴリスのまとう空気が変わった。背筋がぞっとするような心底感情の読めない笑顔だ。さすがに最年少で大将の座に就いただけはある。『栗毛の悪魔』の異名はだてではない。

「君の罪状は敵国への情報漏洩および物資提供、支援援助。ついでに軍人たちにたてついた反抗的な態度も加えておこうかな。国家反逆罪だね」

モヴリスが淡々と告げた内容を聞いた正直な感想といえば、よくもまあそれほど並べられるものだという呆れだった。アナルドが見せてくれた外套を隣国に売りつけた物資提供くらいかと考えていたので、面食らったのは確かだ。

「情報漏洩についてはこちらの軍事情報の提供、この冬山をこの時季に攻めてくるように仕向けたこと、物資提供は冬山進軍可能な外套を提供したこと、支援援助は敵国に薬を提供し治療を施したこと、反抗的な態度はもちろん僕への態度だよ」

「はあ……？」

そんなことが実際にできたのなら、バイレッタは確かに国家反逆罪をかけられてもおかしくはない。スパイ容疑ではなく、確実にスパイだ。スワンガン伯爵家もそんな嫁を抱えていては爵位はく奪の憂き目にあってもおかしくはなかった。

だが実際にはバイレッタには少しも関係ないことなので、ひどく現実味がない。

架空の物語を聞いているかのような曖昧な気持ちになる。

けれどモヴリスの意見を周囲は知っていたのか、口を挟む者はいない。

「一級戦犯だ。死刑確定だけれど、銃殺刑にしようか。もしくは自爆でもいいよ。僕は慈悲深いからさ、好きなほうを選ばせてあげる」

「これは裁判ではないのですか。少しくらいは弁明させていただきたいですわね」

一方的に死刑を宣告されて、バイレッタには恐れよりも怒りが湧いた。真っ当に帝国国民として生きてきただけなのに、貶《おとし》められて終わるだけだなんて己の矜持が許さない。

「調べはついているし、証拠も証人もいるよ。こんなに完璧なのに覆すことなんてできやしないでしょう。そんなに言うなら、ほら、連れてきて」

モヴリスの合図で廊下側の扉が開いた。軍人に両脇を囲まれて入ってきたのはセイルラオだ。平素の格好ではあるが、体調不良には見えない。しっかりとした足取りでやってきて、バイレッタのやや後方に立つ。

「姿が見えないと思ったら、ここにいたのですね。すっかりお元気になられたようで安心しましたわ」

「お前に心配してもらうほどじゃないっ」

「はは、証言者を労るなんて本気なの。それとも、気づいていなかったとかかな」

モヴリスが愉快そうに肩を揺らしながら笑う。

「あら、もちろんわかっていましたわ。私の工場に視察に来た時に保管されていた外套を盗んでそれをアミュゼカに売りつけたのでしょう？　うちで働いている者も何人か引き抜いて同じようなものをお作りになったのでしょうけれど、あんな不良品よく買っていただけたものだとエルド様の腕に感心しておりましたの。私だったら絶対に買いませんから」

「なにっ⁉」

「縫い目も粗い、布地も悪い、ついでに染め方も雑で、同じものとはとても言えませんものね。デザインが同じ全くの別物ですわ。その上、布地に使われた綿花の処理が最悪です。エルド様は綿花を刈り入れて、碌に洗うことも処理もせずに使われたでしょう。おかげで大変なことになっているではありませんか」

「負け惜しみというわけではなさそうだな。どういうことだ」

「魔物の綿花をお使いになったでしょう？」

バイレッタが冷ややかに告げれば、セイルラオは顔色を変えた。それが何よりも雄弁であるとわかっているのだろうか。

「やはり、そうでしたのね。メルシマ王国ではおとぎ話として有名な話ですよ、ご存じではありませんでしたか」

「そんな迷信を商人が信じるなんて馬鹿げているだろうっ」

「やはりご存じの上で使われましたね。迷信や言い伝え、おとぎ話だって、その土地の過去にあった実際の出来事を伝えているだけです。そりゃあいくつかは脚色されているかもしれませんが、頭から否定していては今回のようにひどい目に遭うのですわ」

メルシマ王国には魔物の綿花と呼ばれる、時季外れに収穫できる綿花がある。それを題材にしたおとぎ話の内容はこうだ。とある男が魔物が育てている綿花を無断で刈り取って売りさばいたら、男自身だけでなく売った人までも病に倒れて、そして誰もいなくなったと結ばれる。だから、王国の人間は時季外れの綿花を収穫しないし、近づかないようにしている。自生しては枯れるのを待つだけなのだ。

もちろん普通の綿花のように使えるので、刈り入れた後にまずは熱湯で洗い、十分に乾かしてから、今度は大量の酒に浸す。七日経てば水洗いして使えるようになるのだが、セイルラオはその工程を一切やっていないのだろう。

「貴方がかかっているセイーク熱は、その綿花についている虫が原因です。成虫なら熱湯で殺すことができますが、産みつけられた卵は熱湯では殺せません。一度仮死状態になるだけなので、乾燥して温められたら孵化《ふか》します。卵を殺せるのは純度の高い酒だけなのです。エルド様が売りつけた外套を確認しましたが、いくつか孵化した卵の残りと死んだ成虫を見つけました。あんなもの商品としてはとてもではありませんが売れませんよ」

心当たりがあったのか、セイルラオは唇を噛んで押し黙った。

「その上、ご自身で売りさばいたものを私が売ったものとして騙《かた》るのはいかがなものかと思われますが？　おかげで売った先では悪魔の外套だなんて呼ばれているそうですわよ」

そのおかげで散々命を狙われた。

すべてはセイルラオの無知と浅はかさが招いたことだ。

「お前が、散々楽してきたから、少しはこらしめてやろうと思っただけだ。まさか病気になるなんてわかるわけがないだろう」

「商売人には、知識が必要不可欠ですわよ。知らなかったからお客様が許してくれるほど商売は甘くはありません」

「お前に商売人の何がわかるっていうんだ！」

「私の商売の師匠はハイレイン商会の会頭である叔父ですよ。むしろ、貴方よりはわかっているつもりですが」

「なんだと⁉　体で籠絡したくせに何が師匠だ！」

「またそれですか……真実、商人ならば、いつまでも噂に振り回されているのは愚かなことですけれど。慧眼《けいがん》を磨くのも商人の鉄則でしょうに」

叔父と爛《ただ》れた関係にあるなどと噂されていることは知っている。それでも、実際にサミュズとの間には親愛以上の感情はないし、そんな事実もない。むしろ噂を鵜呑みにしているセイルラオが商人というのは、滑稽でしかない。

「貴方が敬愛している叔父がこの場にいたら、さぞ嘆かれることでしょう」

叔父は根っからの商売人であり、損得勘定で物事を見ている。情を向けるのはバイレッタの母と自分くらいで、他人は顧客とわりきっている。ただ、彼は商人としての矜持だけはすこぶる高い。杜撰《ずさん》な経営や戦略のない商い、小手先だけの商売をとにかく嫌っている。唾棄すべき行いであるとさえ考えているほどだ。

バイレッタにも常々考えろ、学べ、知恵をつけろと教えてきた彼だからこそだろう。今回のセイルラオの商売を知れば、二度と叔父は彼に近づかないだろうことは簡単に想像がつく。もちろん身内の性格がすこぶる悪いと伝えるのは憚《はばか》られるので、オブラートに包んで伝えてみた。それでもセイルラオには十分な衝撃を与えられたようだ。

「――っ」

「そんなにたくさんの話を許したつもりはないんだけどね」

気色ばんだセイルラオの言葉を遮るように、モヴリスが割って入ってくる。

「せっかく与えられた弁明の機会ですもの。存分に活用させていただきたいですわね」

「ふうん、殊勝な態度で何よりだよ。証人じゃなくて仲間同士だとしても君の罪状には変わりはないからね、ここで取り乱されたら困ってしまうところだった」

「閣下、どういうことですかっ⁉」

セイルラオが顔色を変えて、モヴリスに嚙みついた。

「俺は貴方の指示で——」

「あはは、冗談でしょう。僕が、君に何を指示したっていうのかな。帝国軍に外套を売りつけに来たから、他にも客がいると親切で教えてあげただけだよ」

モヴリスがにこやかに微笑んだ。

まさしく悪魔の微笑みだ。

やはりセイルラオとモヴリスはつながりがあったのか。

彼一人の策にしては規模が大きいとわかっていた。むしろモヴリスの策略にセイルラオが巻き込まれたというのが正解だろう。

悪魔に魂を売った者の末路など、それこそ物語の中に数多く描かれているというのに。

「そんな……」

セイルラオは茫然《ぼうぜん》として項垂れた。

セイルラオの悪事を暴いたところで、モヴリスはバイレッタの容疑を撤回するつもりはないのだ。むしろ共犯として二人ともを断罪しようとしている。

モヴリスの思惑はどこにあるのだろう。

それを明かさないことには、この茶番劇は終わらない。

「そうだね。じゃあこの場で元夫に切られるっていうのはどうだろう。僕が君たちの仲人だったわけだし、最後の別れの瞬間も見届けてあげるよ」

モヴリスの視線を受けて、アナルドを見やれば彼は無表情のままでじっと上司を見つめている。艶のある灰色の髪を整えて、宝石のように澄んだエメラルドグリーンの瞳には怜悧《れいり》さしか見えない。際立つほどに整った顔は感情がなければ本当に人形のように見えるから不思議だ。

彼の軍人としての姿なのだろう。どこまでも冷ややかで、だからこそ冷血狐なんて呼ばれているに違いない。

彼の部下が口々に近寄りがたいと言っていた意味がよくわかる。

「閣下、本気ですか。さすがにそれは趣味が悪い。別れさせるだけで十分でしょうに」

モヴリスの隣にいた男が口を挟むが、モヴリスは全く理解できないと言いたげに首を傾げた。

「そうかな、十分に優しい行いだと思うんだけど？　ねえ、君はそうは思わないかな」

上司に同意を求められたアナルドは小さく頷いて、ゆったりとした動作で壁から離れた。そしてバイレッタのほうに向かって歩き出す。

「ほら、彼もわかっているみたいだよ」

「本気かよ。スワンガン中佐、おい、いいのか」

慌てた男の声を聞きながら、まっすぐに向かってくるアナルドを見つめる。

少し前なら怯えていたかもしれない。彼に愛想を尽かされて、離縁されたものだと思っていたあの頃なら。

けれど、彼は言ってくれたから。何度も愛していると言って、何度も甘やかしてくれた。他人に甘えることを教えてくれたから。

虚勢を張って、一人で戦わなくていいことを教え込んでくれたから。

やり方は不本意ではあるけれど。

その効果はどうしたって実感できるほどだ。

「覚悟はいいですか？」

バイレッタの前にやってきたアナルドはまとっていた硬質な空気をあっさりと瓦解させ作り物ではない心からの笑みを浮かべた。

「最初から、そのつもりですわ」

「さすが俺の可愛い妻ですね」

「お、おい、スワンガン中佐……？」

「なんだ、どうしたって――」

「どういうつもりかな？」

バイレッタと対峙していた軍人たちの姿はアナルドが前に立っているため見えない。なんだか守ってもらっているような気もした。一見細身に見えるけれど、彼の肩幅は広く安心感を与えるのだ。

慌てふためいている軍人たちの中から、モヴリスの冷ややかな声が飛ぶ。

アナルドはバイレッタの頬をするりと安心させるように撫でて、振り返った。

「まさか、君が軍を裏切るとはね」

「最愛の妻を優先させるのは当然ではないでしょうか。それに彼女が濡《ぬ》れ衣《ぎぬ》を着せられているなら尚更ですよね」

「証拠はあるって言ってるだろう。証言者が共犯者に変わったところで彼女の罪は確定しているよ。それともすべてを覆せる何かがあるというわけ？」

「そもそも妻の元から試作品の外套を盗み出してアミュゼカに売りつけたのも証言した男ですよ。先ほど、妻が話したように外套の粗末な作りは妻の工場のものでないことは明らかでしょう。軍に納品しているシャツなどを見ればその違いは明らかだ。敵兵を治療したとご指摘もありましたが、それも民間人である医者を助けるためで、むしろ褒められるほどですよ。なぜその男の意見ばかりを一方的に受け付けるのでしょうか」

「今まで静かにしていたくせに、よくしゃべるものだね」

「必要なことならば、発言させていただきますよ」

表面上は穏やかに微笑を浮かべているが、その両者の背後の空気は冷たい。彼はいつも上司とこんなふうにやりとりしているのだろうか。

一抹の不安を覚えつつ、バイレッタはアナルドの脇から顔を出した。

「それに、敵兵を治療したとおっしゃられるなら閣下も同じでは？　しかも私はなんとか五人分でしたが、閣下の場合はもっと大規模でしょう」

盤上をひっくり返すための爆弾を投げつければ、余裕ぶっていたモヴリスの気配が変わる。

「……なんの言いがかりかな？」

「頬が引きつっていますわよ」

「お得意の商人のはったりだろうけれど、僕の鉄壁の笑顔には自信があるんだよね」

「笑顔で隠さなければならない――つまり、隠し事があると認めているということでよろしいですか。そもそも軍が治療に必要な薬草を押さえていると聞いておりますけれど」

「すぐに揚げ足をとるのは、部下が自慢する可愛い妻とは言えないんじゃないかな」

「俺の妻はとても可愛くて頭がいいんです」

バイレッタが口を開くよりも先に、アナルドが自信たっぷりにモヴリスに言い放つ。

彼は職場で普段からこんな感じなのだろうか。

職場での彼の信用は大丈夫なのか。

バイレッタは頬が赤くならないように思考を空回りさせた。

「君たちはもう別れているだろう。いい加減、元妻に見せる態度ではないんじゃないかな」

「そのことですが、離縁についての通告書は無効にできるように手筈《てはず》は整えていますよ」

「え？」

思わず声を上げたのはバイレッタだった。

そんな話は全く聞いていない。だというのに、アナルドはバイレッタの戸惑いに不思議そうな顔を向けた。

「俺が貴女との離縁を放置すると本気で思っていたんですか。受理されていないと話したと思いますが」

言いながら、アナルドは懐からすっと一通の書状を取り出す。軍で使われている書簡のようだが、押されている封蠟《ふうろう》の形に見覚えはない。

けれどモヴリスの表情はやや硬化した。

「今更そんなものを出してきたところで、バイレッタが処分されるんだから意味がないでしょ。君の経歴に無駄に傷がつくだけだよ」

モヴリスが反論しようと立ち上がった時、バイレッタの後ろの扉が再度開いた。

「ああ、ここだな。やあーバイレッタ！」

バイレッタがモヴリスに向き直ろうとした途端に、騒々しく入ってきたのは黄金色の髪を揺らしたアルレヒトだった。

「ええと、どちら様かな。僕は許可した覚えはないんだけれど」

「アミュゼカの特任大使としてやってきた者だ」

モヴリスは入ってきたアルレヒトを見やって、呆れたように問いかけた。当の本人は茶目っ気たっぷりに片目を閉じて寄こすほどには余裕があるようだ。ゲイルに叱られてしょんぼりしていた姿からはかけ離れている。

アルレヒトがアナルドのところに身を寄せていた最大の名目が、アミュゼカの王から直接依頼を受けたという特任大使という立場だった。アミュゼカの姫のもとへ婿入りすることが決まっていたはずなのに、どこをどう話せば、すぐに大使として派遣されてくるのか驚きではある。ゲイルの話では向こうの王がカンカンに怒っているというのに、彼の政治手腕はなかなか侮れないなと実感した。

「アミュゼカの大使と知り合いだとか……さては君たち、全部知っていたね？」

モヴリスが呆れたように告げてきたので、バイレッタは大きく頷いた。

「アルレヒト様には貸しがありまして。まあ、ご本人がこちらに来るとは想像もしていなかったのですが。アミュゼカの内情については筒抜けでしたね」

「何を言う。元ナリス王国東方交易担当だぞ。私以上の適任があの国にいると思うか」

アミュゼカの内情は知らないが、今回のことで相当に立場を弱めていることは想像に難くない。その上、口がうまいアルレヒトに畳みかけられれば、なすすべもなかったのだろう。

バイレッタには乾いた笑いしか出ないけれど、アルレヒトは上機嫌だ。

「さあ、交渉といこうじゃないか。誰がアミュゼカの兵士二千人の治療を請け負ってくれるんだ？」

アルレヒトの一言に、モヴリス以外の帝国軍人が息を呑んだ。

やはり考えていた通りの状況のようだ。モヴリスがアミュゼカの治療が必要な兵士二千人の所在を知っているのだろう。

「全く、こうも次から次へと――」

はあとモヴリスが息を吐いて、顔を俯《うつむ》け、上げた。

そこにはぞっとするほどの極上の笑顔を浮かべた彼がいた。

傍にいたアナルドが、体をこわばらせたのがわかった。なぜか眠った獅子《しし》の尾を踏んでしまった戦慄が走る。

「ああ、了解。遊びは終わりだよね」

ぽつりとつぶやいた声は、どこまでも美しくその場に響く。甘美な歌声のように。

うっかり聞《き》き惚《ほ》れている間に、破滅しているような危機感がぬぐえない。

「いい機会だからこの場にいる皆に説明しておくとだね、こちらに攻めてきたアミュゼカの兵士の大半が病持ちで、戦える状態じゃなかったから降伏してきたんだ。それで、ここの施設に収容して治療にあたっているってわけさ。感染するものではないけれど、気分のいいものじゃないし、皆の意見を聞いても反対するだろう？　だから、僕の権限で秘密裏に行っただけだよ」

「アミュゼカの兵士がここにいるんですかっ」

「なぜそれを黙っていたんだ」

モヴリスの両脇に控えていた軍人二人が騒げば、モヴリスはうるさそうに瞳を眇めた。

「ほら、怒るじゃない。君たちに意見を聞いたところで、反対することはわかっていたからね」

「当たり前じゃないですか！」

「ここの施設の目的を忘れたわけじゃありませんよね。敵兵を受け入れるなんて本末転倒もいいところだ」

「だから相手から降伏してきたんだよ。なんなら、アミュゼカが帝国の属国になってもいいとまで言ってるんだ。その返事を持ってきてくれたんだろう？」

モヴリスの視線を受けて、アルレヒトが鷹揚《おうよう》に頷いた。

実は返事を貰ってきたのは昨日到着したばかりの彼の従者であるバルバリアンであったが、当然のように頷いている彼はやはり大物だ。アミュゼカのほうが立場が下ではあるにもかかわらず不遜な態度を崩さないのも、相当なものだと感心してしまう。モヴリス相手にも負けていないかと思えば、若干腰が引けているところを見ると虚勢のようではあるが。

「閣下の秘密主義もどうかと思いますが」

「僕は大将だよ、この場の最高権力者だからね」

「理解はしていますよ」

アナルドは納得しかねると言いたげに告げたが、モヴリスはふふんと得意げだ。

「ならよかった。これから忙しくなるんだから、のんびり話している時間はないんだよ。もちろん、君は西国の情報も渡してくれるんだろう？」

アルレヒトを見つめて、モヴリスは確信を込めて告げた。

「西国⁉」

モヴリスの横にいた男が息を呑んだ。

大方の予想では南か南東の国かという話だったはずだ。それがいきなりの西と言われれば焦りもするだろう。

頷いたアルレヒトを見届けて、モヴリスが大きく頷く。

「気を抜けばすぐに喰《く》われる世界だろう、戦場にいないだけで随分と腑抜けたのかな。あいにくと時間は有限なんだ、このますぐに軍議にするからね。さっさと席を用意してくれないか」

モヴリスが傲然と命じて、バイレッタの弾劾裁判はお開きとなったのだった。


モヴリスとは結局話し合いの末に、軍の施設に一室借りるということで落ち着いた。今回の外套の薬品を作って外套を完成させるためだと言われたが、それは建前に過ぎない。自分勝手な王族であるアルレヒトの扱いに軍も困った末の苦肉の策だろうとバイレッタには十分にわかっている。ゲイルも傍にはいるが、彼一人の手に負える男でもない。ちなみにアルレヒトの従者であるバルバリアンはこちらに来るのにかなり無理をしたらしく、寝台の住人になっている。彼の怨嗟《えんさ》の声が聞こえてきそうだったが、快癒を祈るばかりである。

とにかく、今後はアルレヒトも交えてアミュゼカとの交渉が始まる。今回の先の小競り合いの賠償と治療薬などが目下の議題だが、最優先は話し合いではなく治療なので施設の一部をアミュゼカに開放しているとのことだった。

すでにアミュゼカの兵士たちがわんさか帝国軍の施設にいるというのだから、モヴリスも相当にしたたかな男である。よくもバイレッタを糾弾できたなとわかっていたものの心底呆れた。

今回の計画はセイルラオがバイレッタのところから外套を盗んでモヴリスに売りつけようとしたところから始まっている。そこから、バイレッタにスパイ容疑を着せて、アナルドに離婚を突き付けていたのだ。

ちなみにセイルラオは南国との流通の足がかりとして帝国軍に取り込まれた。軍属の商人という扱いだが、犯罪者でもあるのでほぼ無償で技術を提供するという形になっている。一時は貴族派の商人でもあったので、後に揉めるかもしれないが、モヴリスにとってはいつものことなので困った様子はなかった。

そこまでモヴリスに恨まれていたのかと訝しんだけれど、正直それほどの接点はない。疑問は残るが、ひとまず落ち着いたのでバイレッタは荷物を宿に取りに行くことになった。ついてきたのはサイトールとアナルドだ。

サイトールは一時帝都に戻ってモヴリスが命じた通告書の撤回をしてくれたヴァー

ジア・グルズベルから書状を受け取りに行っていたらしい。ヴァージアは大戦の英雄でモヴリスの元上官でもある。退役したはずだが、現在は軍の特別顧問として再雇用されており一民間人の立場でも発言権が強い。以前、バイレッタに助けられたとして恩義を感じていたらしい。モヴリスの性格もよく把握しているので、アナルドの要請を受けてすぐに動いてくれた。どうりで離婚したと何度告げても、彼が認めないわけである。

サイトールが持ち込んだ書状には通告書の原本もあり、アナルドは回収されたそれを受け取った瞬間、暖炉に放り込んで燃やしていた。

結局、バイレッタとアナルドの婚姻は続いている。

わざわざ書状を受け取りに帝都まで行って戻ってきたサイトールにはひたすらに申し訳なさしか感じないけれど、そんな相手が本日の荷物持ちだ。さらに恐縮する破目になった。

荷物運びにしては立派すぎる。

バイレッタはどちらの同行も拒んだが、そもそもアナルドは軍の施設で出会って一夜を過ごしてからバイレッタへの好意を全く隠そうとしない。どこに行くにもついて回り傍《はた》から片時も離れない。それどころか人目も気にせずに親密な空気を作り上げる。

欲求不満な軍人たちから殺意の籠もった瞳を向けられようと一顧だにしない。最後には周囲が諦め、生暖かい瞳で見守られる始末である。砂糖のような激甘に侵されて、バイレッタの精神はすっかり干からびている。戸惑いも通りこした疲れに似た閉塞感に押しつぶされそうだ。実際、一緒の寝台で寝起きをしており、目覚めた途端に抱き寄せられるので、そのうち本当に窒息死するのではと危惧している。

その上、アミュゼカの兵士たちの一部が離反して潜伏しているのだと聞いてからは仕方がないと甘えることにした。傭兵国家であるから契約が切れたら、縁が切れる。そもそも離反とは異なる考えのようだが、今回の出兵ではアミュゼカはかなりの損失を出したことになる。仕方がないので、西の国の情報をあっさりと提供し、帝国の属国になることになったらしい。

それに見切りをつけた傭兵たちがいたようだ。金を稼ぐ戦場を探しているらしいのだが、何よりアミュゼカが帝国と手を組んだと知られるのが面倒なモヴリスが残党狩りを命じたらしい。いつかは公になるが、それは今ではないと彼は考えたようだ。結果、逃げる算段をつけていた傭兵たちが潜伏してしまい、町に散らばっているとのことだった。

疲れているだろうサイトールを休ませてあげてほしいとのお願いには、なぜかサイトール本人から拒否された。下手に休んだとしても別な仕事を回されるので、楽な方がいいということのようだ。

さすがは苦労人である。

結局、三人で連れ立ってミイルの町まで戻ってきた。

「ああ、ようやく着きました。軍の施設からは結構離れていましたが、前に来られた時も大変だったんじゃないですか」

「そうですね。急いでいたのでそれほど大変だとは思いませんでしたが」

「え、急いでいたのですか？」

「ゲイル殿と妻の大好きな叔父が会いに来たと聞いてじっとなどしていられません。言いませんでしたか？」

「別に、何もありませんよ？」

「何もなくて当然です。けれど、体が勝手に動いたのです」

バイレッタは返答に困った。

サイトールがバイレッタの隣で、額を押さえて呻いている。気分でも悪くなったのかと思うが、上官の発言に心を痛めているのだとは思いもよらない。

「あれ、テイランさん。外に何か用事でしたか」

宿の玄関を出てすぐの場所にテイランが佇んでいた。

買い物からの帰りだろうか。

バイレッタが声をかけながら近づくと、テイランが顔を向けて笑顔になる。

「ああ、お帰りなさい、バイレッタさん。おや、そちらは――」

だがテイランがアナルドの顔を見た瞬間、バイレッタは強く腕を引かれ体を反転させられた。そのまま首筋にひやりとした物体――ナイフを押し当てられる。

「一瞬で、見抜くとはびっくりしたな」

丁寧な口調ではないけれど、声はまさしくテイランのものだ。

だが、バイレッタは今なぜか彼に拘束されて、アナルドを茫然と見つめているのだ。

いったい何が起きたのか本気でわからなかった。

「気取られている時点で俺も甘いと痛感していますが、部下から警告を受けたと報告を貰った時に確認しなかったのもよくなかったと反省しています。貴方は、どこでわかりました？」

アナルドが怜悧な瞳をテイランに向けている。怒りを孕んだ矛先は、バイレッタではない。けれど、勝手に身が震えた。

「あんたのことは噂でしか知らなかったが、オレを認識した後、瞳がすぐに彼女を向いた。護衛対象の安全を確認する仕草だろ。その上、随分と不安そうに感情を揺らして見つめるからすぐにピンときたね。あんたはオレを知っていたのか」

「昔、一度だけ戦場でお見かけしたことがあります。あいにくと多少髪色や瞳の色が変わっても骨格や仕草までは変えられないでしょう。ねえ、『白い死神』」

アナルドの言葉を受けて、バイレッタの思考が止まる。

まさかテイランが『白い死神』――？

「普通は白髪って目立つから、意外と髪色を変えるだけでごまかされてくれるものだが、さすがは中佐殿と褒めればいいのかね。まあ、傭兵稼業は名前が売れてるほうが高く買ってもらえるんだ。帝国の灰色狐に知られているならありがたいねぇ」

テイランの落ち着いた声音には余裕すら感じさせる。二つ名を持つ傭兵だけある。対するアナルドも動揺は見られない。挟まれた形になったバイレッタはただ状況を見守るだけだというのに。

「で、彼女を人質にとって、どうするつもりです」

「仲間が逃げる時間が欲しい。あんたんとこの大将のせいで、町の出入りに制限がかけられてすっかり身動きがとれなくなっちまって。病人も何人かいるんだ、ゆっくり移動しないと体がもたない」

「貴方たちが軽々しく西に告げ口しなければ、無罪放免だったのですが。金のためなら情報はあっさり売る傭兵稼業というのはなんとも業が深いことですね」

「そんなもん、オレたちがしゃべらなくたってばれるだろうが」

「こちらも西に反撃する間の時間稼ぎがしたいだけなのですよ」

「そうかよ、帝国の犬め。いや、今回は狐か。ならやっぱり取引しかないな。大事な女なんだろう、腹に子供もいるんだ。殺されたくなければ、オレたちのことは見逃せ」

「——は？」

「テイランさん、私の手紙を勝手に読んだんですか⁉」

バイレッタは思わず首を巡らせてテイランを見やった。

モヴリスから呼ばれていると知って、その日の夜にバイレッタは手紙を書いた。

一通は秘書のドレクに商品の流通について調べるように頼んだもので、もう一通はスワンガン伯爵家にいる可愛い義妹のミレイナに宛てたものだ。

「テイランはオレの名前じゃないが……家族に宛てた手紙なんて何書いてんのか気になるだろ。もしオレたちに気づいて助けを求めていたらそれはそれで問題だしな。だがまあ可愛い義妹へ宛てた手紙だったから、悪いことしたなと反省してその後すぐに行商人に預けたぞ」

「ひどいです。可愛いミレイナを心配させないために、一生懸命に書いた手紙を――」

「ま、待ってください。こ、子供ですか……？」

「え、夫人は中佐に話していなかったのですか」

アナルドが茫然自失の体でつぶやくように確認してくる横で、隙を窺っていたサイトールが頓狂な声を出した。よほど上司の動揺に驚いたのだろう。

「え、貴方も知っていたのですか」

だがアナルドはサイトールの言葉を受けて、瞬時に恨みがましい瞳で部下を睨みつける。サイトールは必死で首を横に振った。

「い、いや、これには理由がありまして――というか軍人はわりと耳がいいんです。あんな大きな声で話されたら扉一枚隔てた廊下にいたところで聞こえてきますよ。医者は特に地声が大きいですし……夫人からきちんと説明してくださいっ」

「説明も何も、サイトールさんはたまたま現場に居合わせただけですけれど。そんな子供ができたなんて話す機会なんてなかったじゃないですか。私もすっかり忘れていたといいますか……」

「わ、忘れていたとかあります？」

「――いつ、わかったのですか」

サイトールが驚愕に目を見開いた横で、アナルドの瞳が完全に据わっている。なぜか項がピリピリした。先ほどまで殺意に似た怒りがテイランに向けられていたが、その矛先が人質たるバイレッタに向いている。これは由々しき事態である。

答えを間違えたら確実に怒られる。だが、嘘をついても絶対に叱られる。

「えと、軍の施設に連れていかれる少し前……ですかね？」

「――脱走兵と道から落ちて、雪に埋まっていましたよね……」

なぜかすとんと表情のなくなったアナルドの瞳は瞳孔が開いているかのように妖しく光る。

「別にお腹が痛くなったりしませんでしたし、体調に問題はありませんから大丈夫でしょう。軍医からもどこも悪くないと言われて――」

「そういう問題じゃありませんっ」

アナルドが一喝した。なぜかテイランが所在なさげにナイフを構えている姿が滑稽に思えてきて、バイレッタはこっそりと耳打ちする。

「これ、どうにか助けてくれません？」

「オレが逃げるよりも難しい依頼だな」

「そもそも貴方がそんな話題を出したせいなんですけれど！」

「効果的だと思ったんだよ、こんな地雷があると思わないだろうが！」

内緒話でうっかり語気を強めてしまえば、相手からも強めに返ってきた。

これは本当に困った。

なんと言ったら許してもらえるのか、全く見当がつかない。

「ええと、その、アナルド様——えっ⁉」

途方に暮れながら、夫を見やってバイレッタは思わず息を呑んだ。

人形のような美麗さを持つアナルドではあるが、やはりそこは男性である。きりりと吊り上がった瞳は男らしいし、軍人という職業柄弱さなどとも無縁である。

そんなアナルドのエメラルドグリーンの瞳から一粒の涙がまるで真珠のように零《こぼ》れて、頬を伝う。誇り高い彼が、決して人前では見せないだろう涙——その光景に、バイレッタはなぜか胸が痛くなった。

常に冷めた目をして感情すらほとんど見せることのない理性的で寡黙な冷血狐のはずなのに。彼のこんな姿をさらしているのは己のせいなのだと、強く実感して罪悪感を覚えた。

「――アナルド様」

バイレッタは思わずナイフが首筋に当てられているにもかかわらず、アナルドへと手を伸ばした。慌ててテイランは刃を引いたが、ちりりと首筋に痛みが走る。だが、それよりも夫の艶やかな灰色の髪に手を伸ばしてそっと撫でる。

「……すみません」

バイレッタが謝るよりも先になぜかアナルドが謝罪した。

「どうして謝るのですか」

いつかと立場が逆だなと思いながら、バイレッタは夫の髪に指を滑らす。さらさらとした触り心地のよい髪を少しだけ乱すように撫でつける。彼は嫌がる素振りも見せず、ただ立っているだけだった。

「子供ができたこと、あまり嬉しくはありませんか？」

ぼんやりとしているようなアナルドに尋ねれば彼ははじかれたように首を横に振った。あの理知的な夫らしからぬ様子に異常事態であることはわかる。だが、何にそんなにショックを受けているのかはバイレッタには測りかねた。

「まさか！　嬉しいです……けれど、感情が思考についてこれないだけ、です」

「どういうことでしょうか。ゆっくり話してみてください」

「ですから——」

アナルドはためらいがちに口を開いた。

「貴女が俺に子供ができたと話さなかったのは、やっぱり子供ができたことが嫌だったからだとか、俺の血のつながった子供ってなんだとか、そもそも子がいるのに雪山で道から落ちて雪に埋もれたところを救出されているとか、腹に子がいるのに一晩中無理させたこととか、なぜもっと妻は自身の体を大事にしないのかとか、もっと気をつけていれば妻の変化に気づけたはずだったのにとか、なんで俺はこんな冬山で妊娠中の妻を突っ立たせているのかとか——そうだ、医者にとにかく子供が無事か確認をしてもらわなければ！」

「中佐、申し訳ありませんがまずは、敵の逃亡した方向だけ確認してもらってよろしいですか」

怒濤のように語り出したアナルドの横で、呆れたようなサイトールの冷たい声が静かに響く。

「あちらに殺気はありませんでしたから、そもそも敵ではありませんでしたが」

「そうですね、あちらは明らかに中佐の殺気を受けて条件反射で夫人を人質に取ったように見えましたからね」

冷静に返したアナルドに、さらに落ち着いた声音でサイトールが答える。

「なぜ、殺気を向けられたのですか？」

「以前も伝えていますが、浮気ですよ。バイレッタと目が合ったからではありませんか」

「以前もお伝えしましたが、そんな範疇《はんちゅう》が浮気なら生活できなくなりますよねっ⁉」

「俺の妻は本当に人気者なので、困ります」

「アナルド様の考えすぎだと思われますが」

バイレッタが苦渋の表情で告げれば、サイトールは心底呆れたと言いたげに、ため息をついた。

「痴話喧嘩ならば、こんな外ではなくせめて屋内でしませんか」

もちろん、きっちりと痴話喧嘩ではないことをサイトールに力説したけれど聞き入れてはもらえなかった。


バイレッタの妊娠をアナルドが知ってから数日後——。

「バイレッタしか呼んでいないはずなんだけど、幻が見えているのかな？」

アナルドに散々世話を焼かれていたバイレッタの元に、悪魔からの出頭命令が届いた。バイレッタを部屋に閉じ込めようと画策する夫とともに足早にモヴリスの執務室にやってきたものの、呼び出した張本人の覇気はまるでない。先日バイレッタを呼び出した軍法会議の時とは全く異なり、前に立つだけで逃げたくなるような底知れない威圧感は微塵もない。

執務机越しではあるが、椅子に深く腰かけてプラプラと足を投げ出しているさまはだらしのない大人だ。

そもそも彼がやる気になったところで、悪魔のやることなど碌でもないことなのだから、現状、世界は平和ということだろうか。

そんな用事ならば今すぐ部屋に戻って、兵士たちの治療計画書を完成させたい。成り行きで巻き込まれたけれど、正式にアルレヒトからも助力を乞われた。きっと今回モヴリスから呼び出された理由もその件だろうと思われた。

嫌味をぶつけられるだけならまだしも、軍の施設からの強制退去命令ならばアナルドがいたほうが心強い――そう思って夫の同行を許したけれど早々に後悔した。

「可愛い妻に従うのは夫の義務です」

「幻がなんか馬鹿なこと言い出したんだけど……君の惚気《のろけ》を聞きたいわけじゃあない

んだよ」

きっぱりと答える背後霊のようなアナルドに、モヴリスは死んだ魚のような目を向けている。もしくは今にも砂を吐きそうなと言われる表情だろうか。

どうしてこの夫は余計なことしか言わないのだ。バイレッタは羞恥に耐えながら、口を開く。

「ご用件はなんでしょうか」

「バイレッタの隣の存在が消えたら伝えようかなあ」

意味ありげに視線を寄こされれば、アナルドは険しい表情のまま答えた。

「以前にも、妻に関わらないでくださいとお伝えしましたが閣下は記憶にございませんか」

途端、モヴリスは紅の瞳をきらりと光らせて微笑んだ。

さすがは悪魔な上司は一瞬で復活したらしい。むしろ、変な活力を与えてしまったかもしれない。

バイレッタは青くなったが、アナルドは気にした様子もない。

「俺を嵌まれば溺れるタイプだと言いましたよね。その通りだと思います。だからこそ、牙を剝くんですよ。狐は簡単に飼いならせないこと、存分に思い知ってください」

「どうしてそんな喧嘩を売るようなことを……っ」

恐れることを知らないというよりは無謀だ。牽制《けんせい》したいのだろうが、相手が悪い。

表情はないがアナルドが随分と怒っている様子に、バイレッタは慌てて制止の声をかける。けれど、当のモヴリスはきょとんと瞳を瞬かせるだけだ。

「ふうん、僕に歯向かうって？」

「閣下の退屈しのぎに付き合うつもりはありませんが、妻に手を出すならこちらにしてください。閣下に敵うだなんて自惚れてはいませんが、これ以上、バイレッタが危険な目に遭うのは、どうやら精神衛生上よろしくないので」

「ちぇっ、君は本当につまんない男になり下がったね。嫁自慢してくるし、本当に鬱陶しい。軍命令で別れさせたら楽しめるかと思ったけど、じじいまで使ってあっさりと撤回させるしさあ」

聞き捨てならない言葉を聞いた気がしたが、アナルドは動揺もせずに冷静に告げる。

「閣下のお遊びに、妻を巻き込まないでください」

勘違いかと思ったけれど、やはりそうなのか。

バイレッタは愕然とした。

スパイ容疑をかけられてスワンガン領地はく奪の噂まで流されて、婚家から離縁されそうになって軍からも仕事を断られて強行軍で真冬に北上させられた原因が、単なるモヴリスのお遊びとかいったいどういうことなのだ。バイレッタが何か目ざわりなことをやらかしたのかもしれないと悩んだ日々はなんだったのか。

怒りを通りこして呆れかえって、結局脱力した。

父を巻き込んで多額の金を使い込ませて遊んでいた時から薄々感じてはいたけれど、やはりモヴリスという男には関わってはいけなかったのだ。関わりたいと思ったことは一度もないし、できれば二度と会うこともないといい。

「軍所有の研究所なんて薬ばかり作るわけがないだろうに、どいつもこいつも本当に馬鹿ばっかりで困るんだよね。だからさあ、少しくらい楽しんだっていいだろう」

お手上げと言いたげにモヴリスは盛大にため息をついた。

もしかしたら今もバイレッタが呼ばれた理由はアナルドへの嫌がらせということだろうか。だとしたらぜひとも二人だけで遊んでほしい。夫の言葉を借りる形にはなるが、決して自分を巻き込まないでいただきたい。

「捕虜という名の人体実験ができなくなったことですか」

悪魔な上司の思考回路を読んでアナルドはどこまでも静かに問いかけている。

わりと非道なことを言っているけれど、あっさりとモヴリスは納得した。

「そうだよ！ 秘密裏に山奥に研究所造ったから、敵国に攻めてきてもらって大量の捕虜を使って被験者にするつもりだったのに！ 蓋を開けてみれば、病人だらけで使いものにならないし、すぐに白旗上げてくるし。なんでか治療してあげなきゃいけなくなったし！ どうすんの、これ、大損だよ⁉ 僕が慈善事業とかするわけないでしょう‼ どこかで憂さ晴らししないとやってられない。何より面白くも楽しくもない」

相当な鬱憤をためていることは察した。やはり、今回の件はモヴリスの盛大な憂さ晴らしだったのか。むしろバイレッタを使ったアナルドへの嫌がらせだ。全く狭量で享楽的な上司である。さすがに夫には同情するけれど、巻き込まれたほうとしては複雑な心境だ。

「ご安心ください。閣下が慈善事業をやられているなんて、誰も思わないでしょう」

アナルドは慣れているのか横暴な上司に淡々と答えている。怒ったところで相手にされないと理解しているのだろう。彼は後日召集された組に入っているはずだから、ケイセティたちと同じく、この研究室の存在については知らなかったのだろうが。だが、初めからモヴリスを含んだ軍の上層部で秘密裏に進められていた計画なのだろう。

なぜこの研究施設を建設したのかという経緯ならばバイレッタにでもおおよそ見当がつく。

「どうせ、アミュゼカからも西からもしっかりと搾り取るおつもりでしょう？」

アナルドも察しがついているのだろう。夫が静かに告げれば、モヴリスはふっと嗤《わら》う。

「それを僕に聞くって浅はかだよねえ」

「答えを求めているわけではありませんし、あくまでも一考ですよ。ただバイレッタが軍が極秘裏に建設した施設の位置など事前に知っているわけがありませんよね。閣下は情報漏洩だと彼女のせいにしましたが」

「さては君、バイレッタのせいにしたこと根に持ってるでしょう」

「何をおっしゃるかと思えば――当然ではありませんか。いくら優秀な私の妻でも限度というものがありますよ。敵国に物資を供給したくらいならばあるかもしれませんが、軍の重要拠点の情報漏洩に加えて紛争を起こしただなんて言いがかりもいいところです。誰もがわかるような茶番劇によくも巻き込んでくれましたね。しかも離縁だなんて冗談ではありません。まあ拗《す》ねた妻の姿もとても可愛かったですけど」

あくまでも穏やかに言い争う二人に挟まれて、バイレッタはひたすら心を無にしていた。少しでも頭を働かせたら羞恥で真っ赤になる自信がある。

夫よ、どう考えてもこの上司に嫁自慢はまずいだろう。

ふとヴォルミの言葉が思い出された。あちこちで嫁自慢をしている、と。どんな顔で言っているのかと不思議だったが、あくまでも生真面目に惚気ている。もしかしてアナルドには惚気ている自覚がないのか。

だとしたら、今後も悪魔の神経を逆撫でし続けることになる。そして今回のようにバイレッタを介して嫌がらせを仕掛けてくるのでは？

嫌な未来を想像して、バイレッタは思考を中断してアナルドが指摘した内容を吟味した。モヴリスが敵国に情報を漏らしたのは先ほど夫が説明したように、研究所で大規模な人体実験を行うためだろう。

「また君の嫁自慢が始まったよ。というか僕のおかげでさらにバイレッタと仲良くしてるんだから、感謝されこそすれ、批難される謂《いわ》れはないよね」

「それで、妻を呼び出したご用件を伺ってもよろしいでしょうか」

「遊びにも付き合ってくれないしねえ？」

「大切な妻の大事な時期です。余計なことに時間を割いている暇はありません」

せっかく余計なことを言わない夫に感心したというのに、二言目には余計なことを言い出した。本当にこの男はどうしようもない。妻を羞恥で殺したいのだろうか。誰かが物理的に彼の口を塞いでくれないだろうか。

さすがの悪魔も呆れて夫に視線を投げかけている。けれど、話の内容はお前が言うなと突っ込みたくなるような言葉だった。上司も部下も揃って自分の行いは棚上げなのか。

「君、ここが職場だってわかってる？　しかも軍の最高機密扱いの施設だよ。奥さん連れ込んで囲い込むっていかがなものなのかな」

「そうお考えになるのでしたら、バイレッタをこちらに呼ばなければよろしかったのでは？」

正論なのだが、迂闊に頷ける空気でもない。

アナルドが暗にモヴリスの失態だと告げれば、彼はあっさりと認めた。

「そうなんだよね、本当になんで僕は彼女を呼んじゃったのかな。おかげでアミュゼカの兵士たちには綺麗な寝床と薬を配ることになったんだよ。自国の兵士よりも手厚い対応だよね！」

「妻は平等に優しいですからね」

収容しておざなりな治療を施していただけのモヴリスにアルレヒトを使って交渉さ

せたのはバイレッタだ。収容場所の徹底した管理と治療を最優先にさせ、補償などの話は後回しになっている。モヴリスが大損だと嘆きたくなるのもわかるほどの出費だ。その上、最初に狙っていた人体実験はまだ手つかずなのだから。

「この施設の意味をわかってて言ってくるんだから本当にタチが悪いよねえ。兵士の療養が目的じゃないんだけどなあ」

「だから、お呼びになられた閣下の自業自得かと思われますが」

「そこはさあ、傷心な上司をもう少し気遣ってもよくないかい。こんなことになるなんてさすがの優秀な僕でも想像できないよ！」

「バイレッタに護衛をつけることは把握済みでしたよね」

「君がわかりやすい態度でいてくれたおかげでね。反抗的な態度すらとらないなんて不気味だろう」

「妻からの可愛い手紙で浮かれてしまって、それどころではありませんでした」

「それって食堂で読んでいた手紙のことだろう？　ちらっと見たけどどこに可愛さがあるのかさっぱり理解できないなあ」

「閣下に理解されずとも結構です」

「やっぱり可愛げがなくなって！　あーもう、それもこれもライデウォールが裏切るからだよね。おかげで自前で兵器開発にいそしまなきゃならなくなって、しかも僕の権限ですべて取り仕切れだなんてさあ」

バイレッタが先ほど予想した通り、この施設の目的はやはり兵器開発だ。

先のクーデターでライデウォール女伯爵が軍人派と敵対している帝国貴族派と手を組んで軍にクーデターを仕掛けてきた。ライデウォール伯爵家は昔から帝国内の武器を扱ってきており、軍とは良好な関係を築いていたので、まさかの裏切りに軍の上層部には激震が走ったのだろうということは簡単に想像がつく。

スワンガン伯爵家と同じくその特殊な商売によって、旧帝国貴族派でも軍との密接な取引があったライデウォール伯爵家だ。ある意味、中立の立場にあったはずの伯爵家の裏切りは兵器を軍人たち自らが開発するという流れになってこの研究施設を建造するに至ったのだろう。

その一連の流れは大方予想がついていたアナルドも別に驚くことはなかった。だが、ここに全く関わらなくていいはずのバイレッタが巻き込まれていることが我慢ならないらしい。再度、念を押している。

「閣下のご事情はわかりますが、妻にはもう二度と関わらないでいただきたい」

「えー、冷血な狐さんが怒ってくるんだけどー」

そんな面白がるようにバイレッタに視線を向けられても返答に困りますが。

「妻に絡むのもやめてください」

「目の前にいるのにどうしろって？ バイレッタだって困るだろう」

「お構いなく」

すかさずバイレッタは答えた。切実に空気として扱っていただきたい。いない者として話を進めていただければ本望である。

「僕は君たちの仲人だよ。そんなに怒らなくたっていいじゃない。帝都にいるじじいまでバイレッタの味方とかさー本当に狡《ずる》いよなあ。どうせ僕は悪者だよね」

「グルズベル特別顧問以外にもバイレッタに味方している者がいるのですか？」

口を尖らせたモヴリスに、すかさずアナルドが反応した。

「あ、そういうところ聞き逃さないのはさすがだね。まあ、その件でバイレッタを呼び出したってのもあるんだよ。はい、どうぞ」

兵士の治療について釘《くぎ》を刺すためではなかったのか。

モヴリスは執務机の上に手紙を出してくると、アナルドに差し出してきた。

バイレッタが呼び出されたというのに、渡す相手は夫とはどういうことだ。

訝しんだのはアナルドも同じだ。

「なんですか？」

「熱烈な恋文ってとこかなあ」

ニヤニヤと意地の悪い笑みを浮かべているモヴリスにたきつけられたアナルドが、無表情のまま手紙の中身を一読して短く息を吐く。

「本当に、次から次へと……」

彼の口から漏れ出た言葉には怨嗟が混じっていた。

いったい誰からの手紙だというのか。

バイレッタがアナルドの手元の手紙を見ていると、彼はそのままバイレッタへと手渡した。

手紙の内容は、人質に取ったことへの謝罪から始まり、首を傷つけてしまったことへの言い訳、そして部下への治療の感謝と自分の料理をおいしそうに食べてくれた姿に惚れたという告白、帝国軍人の部屋に痕跡まで残して警告したのに怪我を負わせたことに対する罵りに続き、再会の希望で結ばれていた。

宛名はバイレッタ、差出人はジン・ヴォレル——十中八九どころか、確実に『白い死神』だろう。彼の名など誰も知らないというのに。まさか本名ではないだろうと思うけれど、嫌な予感はぬぐえない。

「全くバイレッタは人気者だねえ？」

「存じております」

「嫌味だよね、わかってる？」

「あの、これはどうすればよろしいのでしょうか」

上司と部下の不毛なやりとりをやや引きつつ聞き流しモヴリスに問いかければ、彼はゆっくりと瞬きを繰り返した。

「スパイ容疑の証拠として突き付けてもいいかなと思ったけれど、夫に内緒の恋人を持つのも楽しいよと勧めようかと思って。内緒にしたい夫がくっついてくるとは思わなかったけれど」

夫に最初に手紙を渡しておいて、そんな戯言《たわごと》を吐く悪魔にバイレッタは謹んで辞退を申し上げる。

悪魔を無駄に喜ばせる理由もなければ、バイレッタ自身が楽しくもなんともない。むしろ困ったことにしかならないのがありありと想像できた。

「結構ですわ、厄介事は御免ですから」

「今すぐに部屋に戻ってこれ以上余計な害虫が増えないように阻止したいと考えますが、よろしいでしょうか」

「ちょっ、旦那様。いい加減、閣下を刺激されるのはおやめになって！」

「何が刺激なのです？」

やはり、自覚がなかった！

無自覚で惚気るのはいかがなものか。モヴリスが聞き流してくれるはずもなく、しっかりと面白がられている。

「ふふっ、必死だね。しつこくつきまとって、せいぜい鬱陶しがられるといいよ」

「ヤー・ゲイバッセ」

「だから嫌味だってば……」

敬礼で返したアナルドに、モヴリスは盛大に肩を落とした。

もちろん、バイレッタも同じ心境である。

こうなってはアナルドが口を開く前に撤退するべきだ。

「お話はわかりました。これ以上ないようでしたら失礼させていただきますわ」

「今すぐ部屋に戻って、しっかりと話を聞かせてくださいね」

アナルドににこやかに微笑まれたが、とにかく一刻も早く逃げるほうが先だ。目線だけで了承を伝え、踵《きびす》を返す。

「なんとも幸せそうで羨ましいことだね。ちなみにこれも嫌味だけれど、そういえば、君は僕に結婚したほうがいいとは言わないんだね。愛妻家は皆、結婚のよさを押し付けてくるけれど」

立ち止まったアナルドは、心底不思議そうに首を傾げた。

「バイレッタは一人しかいませんので……？」

「――――っ」

「…………」

赤面したバイレッタと絶句したモヴリスのどちらの反応が正しかったのか。

それとも悪魔を狼狽えさせた夫が、素晴らしいと称賛すべきなのか。

とにかく、今後はバイレッタの話を上司に口外することを禁止しようと心に誓うのだった。

終章　新たな噂

　ガイハンダー帝国の帝都は冬の厳しい寒さを無事に脱し、うららかな春の日差しが日中には差し込むようになった。大陸の北方に位置するのだから、春の訪れは何よりも恵みとなる。そこかしこで春の祭りが行われ、帝都は活気に満ちていた。とりわけ今年の冬はアミュゼカが冬山を侵攻してきたのを皮切りに、西の国まで動き出し軍は対応に追われた。軍が忙しい時こそ、対立する貴族派も人脈作りに躍起になる。社交界は春を迎え、出会いの季節を迎えたことも勢いを増す要因になった。

　バイレッタ・スワンガンは付き添いとして隣に並ぶ義父のワイナルドの咎《とが》めるような視線を無視して、華やぐ夜会を見回した。

「おい、本当に大丈夫なんだろうな」

「くどいですわよ、お義父様《とうさま》」

　何度目かの義父の問いかけに、柳眉を顰《ひそ》めてぴしゃりと告げる。臨月のバイレッタが夜会に参加していることは確かに褒められたことでないのは理解しているが、同じやりとりをすでに十回以上やっている身としてはうんざりという形容詞がぴったりくる。家ではミレイナも家令のドノバンもバイレッタの体を心配して何度も行くことを制止してきた。それを振り切って来ているのだから、今更重ねて止められたところでやめるわけがない。

そもそも義父が心配しているのはバイレッタの体ではなく、今ここにいない彼の息子のことである。

そのため、バイレッタが何度否定したところで効果はあまり得られなかった。

「そうは言うが、お前がミイルの町から戻ってきた時だって相当だったじゃないか。始終つきまとっては決して傍を離れず、家から一歩も出さなかっただろう。階段どころか屋敷中抱えて移動していたほどじゃないか。軍からの命令で次の戦場に向かう朝も一騒動を起こしただろうが。あやつの部下が迎えに来て引きずっていったようなものだった。ドノバンがいまだにまるで今生の別れのようだったと苦渋の表情をするほどだぞ」

バイレッタもその時の騒動を思い出して、やや遠い目になる。

あれほど仕事第一だった男が変われば変わるものだ。

「それが夜会だと？　絶対に許すとは思えんのだが」

「ですから踵《かかと》の高い靴はやめましたし、ゆったりしたドレスにしているじゃありませんか。妊婦用のドレスを開発して売り出したとお伝えしましたでしょう。今日着ているのは一応そのシリーズの夜会用のドレスですわ。妻が妊娠中に夜会に出て浮気をする夫が多いとかで監視として夜会に出たい妻のあまりの多さに驚きましたけれど、おかげで順調な売れ行きですのよ。見た通り締め付けるようなものは一切つけておりませんけれど、それなりに見られる格好にはなっておりますでしょう？」

お腹が膨らむにつれて胴回りのゆったりとしたドレスの開発にいそしんだ、経験は開発の母である。もたつかないようにすっきり見えるデザインを考えるのに苦労したけれど、商品の売れ行きは好調で、需要をひしひしと感じたものだ。実は一部妊婦でない者たちに売れたのは思わぬ誤算ではあったが。

義父は焦《じ》れたように鼻を鳴らした。

「そんなことなら出かけなければいいだろうに」

「ですから一目だけ見たら帰るとずっと言っていますでしょう。お義父様、何度も説明いたしましたけれど、今日はあの娘《こ》の晴れ舞台なんですの。一時期家が落ちぶれて虐げられていた娘が華麗で斬新なドレスをまとって春の社交界への偉大なる一歩を踏み出す素晴らしい機会です。ミレイナの時の参考にもなるでしょう？」

「貴様は単に周囲の貴族たちが驚いて慌てふためく顔が見たいだけだろうが」

「当然ではないですか。素晴らしい娘なんですよ、控えめで可愛らしくて派手なお花ではなくて小さなピンク色の花が好きで。何より、私の店のドレスが最高だと言ってくれるよい娘なんですから」

冬の半ばに久方ぶりに訪れた貴族派の夜会で仕事のために出会ったケベッツ伯爵家の令嬢は、その後できちんとバイレッタが帝都に構える洋装店へとドレスの注文に来てくれた。可愛らしいお客様に店を任せている店長が張り切って春の新作のドレスを仕立てたのだが、それが可憐《かれん》な彼女にとてもよく似合う一品だった。宣伝効果も抜群だが、何よりあの時ケベッツ伯爵を馬鹿にしていた貴族派連中のあっと驚く顔がぜひ見たい。

そのため、夫の浮気の監視でもない腹も出てきた妊婦が必死で夜会に参加しているのだ。

この熱意を買ってくれてもいいのではないだろうか。

「儂は本当になんの関係もないからな」

呆れたように告げられて、バイレッタは笑顔を張りつけた。

「孕ませた愛人を見せびらかしているだなんて不名誉な噂が出回ったら、今回ばかりは放置せずにきっちり否定してさしあげますから」

「お前は儂の寿命をそんなに縮めたいのか……」

眉間に深い皺を刻んだ義父などすっかり無視して、バイレッタは夜会会場に注目する。春の精霊のような可憐な少女が胸を張った父親とともにゆったりと会場に入ってきたところだった。わっと歓声が上がって、そこかしこで好意的な声が囁かれる。

「まあ、素敵なお嬢様ね」

「あら、ケベッツ伯のところのお嬢さんだわね」

「一時期売り上げが落ち込んだけれどすぐに持ち直されたでしょう？　やっぱり新しい綿は素材がよくないとかで、今もケベッツ産の綿花の人気が急上昇だとか」

「なぜかなかなか手に入らなくて、幻の綿とも呼ばれているそうよ」

「そんな方の娘さんのドレスも本当に素敵ねえ」

ほうっと感嘆のため息が零れるのをバイレッタは満面の笑みで大きく頷きながら聞いていた。

「おい、もう満足しただろう。あやつに知られる前に帰るぞ」

「もうお義父様ったら、余韻を味わってこそでしょう。それに、彼なら早々に戻ってこられない遠い地にいるのですから、そんなにビクビクなさらなくても平気で――」

怯える義父を諭そうとした途端、後ろから伸びてきた腕がバイレッタの体を抱きしめた。

声を上げかけて、必死で嚙み殺す。

伸びてきた腕は見慣れた軍服の色。肩口に押し付けられた髪の色は灰色。くすんだ色だと本人は言うけれど、何よりも優しい色だとバイレッタは最近、思うようになった色で。

内から湧き出る喜色と同時に感じる苛立ちを押し込めて努めて静かに問いかける。

「お帰りになるとは聞いておりませんでしたが」

確か、この前の時も同じ言葉を吐いた記憶がある。

けれど、こんなふうに抱きしめられたことはなかった。

「俺も、貴女がここにいるとは思いませんでした」

「仕事をするとお伝えしていたかと思いましたが？」

「てっきり屋敷でするものだと考えていて、夜会に来るとは想像もしていなかったんですよ。ドノバンに聞いて本当に驚いたのですからね。それにしても、おかえりとは言ってくれないんですか」

「顔を見せずにただいまとも言わない方には、お返事できないと思いませんか」

できるだけ声が震えないように告げて、辛辣に聞こえるように努めて。

だというのに、肩口でふっと笑う気配が伝わってきたので、バイレッタは悔しくなった。年上の夫はすべて見透かしたかのように、余裕をもって振る舞うからだ。

「それは申し訳ありません。腕の中に貴女がいるということを実感したかったもので」

「その行動はどうかと——きゃっ」

人を驚かすように後ろから抱きしめるだなんて嫌がらせ以外にあるというのか。文句を言おうとした口は、そのまま小さな悲鳴を上げた。

くるりと体が反転してスカートを翻し、瞬きの後には澄んだエメラルドグリーンの瞳が優しくバイレッタを見下ろしていた。愛情の籠もった瞳は、どこまでも蕩けるように柔らかだ。

冷徹で冷酷。氷の中佐の異名はどこかへ行ってしまったらしい。

おかげでバイレッタは気恥ずかしくなる。

悪意のない純粋な恋情の瞳など向けられたことなどない。恋愛経験など乏しくどちらかといえば異性は苦手だ。敵意には負けず嫌いに火がついて反抗心が湧き上がるが、愛しげに見つめられれば、どう返せばいいかわからない。

さらに視線を彷徨《さまよ》わせたバイレッタの心中を、夫がすっかり察しているのが伝わるのが腹立たしい。

「ただいま戻りました、バイレッタ」

どこまでも穏やかに微笑むアナルドは、そのまま面白そうに告げる。

「これでよろしいですか？」

「おかえりなさい。余計な一言がなければ完璧でしたわね！」

バイレッタが返事しやすいように、おどけてくる。気遣いなのか、からかいなのかは微妙なところだ。腹立ちまぎれに睨みつければ、彼は心底おかしいと言いたげに吹き出した。

「はい、申し訳ありません。貴女の姿を見て浮かれてしまいました」

「全く誠意を感じられない謝罪をどうもありがとうございます」

「うん、伝わっていませんか。まあ、嬉しさが滲み出ているので仕方ありませんね」

「それは仕方ないことではないかと思いますが」

「お前たちは何をやっているんだ？」

つい憎まれ口を叩いてしまったバイレッタは、義父の心底うんざりしたと言いたげな声音で告げられてはっと我に返る。アナルドの腕の中で身じろぎするが、絡まる腕は少しも緩める気配がない。

至極当たり前のように夫は言い返す。

「久しぶりの新婚夫婦の再会などどこも似たようなものでしょう。水を差すのは無粋というものでは？」

「何が新婚だ、馬鹿者。厚かましい上に、夜会の真ん中でそんなことをするな。恥ずかしい」

「仕方ないですよね。せっかく愛しい妻に会えると思って屋敷に急いで戻ってきてドノバンに尋ねたら夜会に出たと言うじゃないですか。その勢いのまま、来たらこうなりますよね」

「珍しくスラスラしゃべると思ったら、碌なことを話さん」

憤慨する義父に全くだと同意したくなるが、いかんせんバイレッタはアナルドのせいで身動きがとれない。抱きしめられている状態で文句を言ったところで、いちゃついているとしか認識されないのは目に見えている。

「そもそも、常に安全に配慮してほしいと十分に頼んでいたと考えていたのですが、まだまだ弱かったですか」

「ち、違うぞ。だから、儂は関係ないと――」

「わかりました、その話はのちほどゆっくり聞かせてください。それで、バイレッタの用事は終わりましたか」

用事、と問われて、バイレッタは周囲の視線をようやく感じた。

首を巡らせれば、誰もが信じられないと言いたげにぽかんと口を開けていた。常に敵意を向けてくる貴族派たちにして珍しい表情だ。だが、バイレッタだって冷静でいられるわけもない。

顔は熱くなっていて、背中に嫌な汗もかいている。久しく忘れていた恥ずかしいという感情に、狼狽えた。

「ちょっと離していただけませんか」

「久しぶりに会えたので、離れがたいですね」

「場所を弁えてくださいっ」

「場所を弁えればいいのなら、今ここでも構いませんよね」

「どういう理屈ですの!?」

あまりの理屈にバイレッタは思わず叫んでしまう。

そもそもアナルドの格好は相変わらずの軍服だ。以前の夜会も同じ格好で来たけれど、今回も変えるつもりがないとはいったいどういうことだ。軍服以外の服を持っていないなどと陰口を叩かれたらどうするつもりなのか。

どの視線も唖然《あぜん》としたものを感じる。最初の悪意あるものとは随分異なるが、決して好意的ではないのは肌で感じる。

夫をこのまま、この場にとどまらせておくのはまずい。そもそも、バイレッタ自身もこの場にいるのが居たたまれない。何より今すぐに帰って、夫を正気づかせたい。

瞬時に判断したバイレッタは、さっさと退場しようと口を開く。

「今すぐ帰りましょう」

「ええ、もちろん喜んで」

氷が溶けるほどの満面の笑みを向けられて、軽やかに抱きかかえられる。

「――きゃあっ」

「俺の大切な妻を連れ帰れる名誉をお与えくださいさい？」

「馬鹿なこと言ってないで下ろしてください！」

笑みを描いた唇がバイレッタのそれと重なる。蠱惑的《こわくてき》な吐息《は》を食むように味わう。

甘く気持ちをかき乱されて、羞恥が溶けた。

「は……もう……」

怒りは愛しさが上回って、思わず彼の首に腕を回した。そのまま首元に顔を埋《うず》める。

「おかえりなさい、旦那様」

会いたくないわけではないし、会えなくて嬉しくないわけでもない。

ただ、意地っ張りで少しだけ素直になれないだけで。

けれど、彼はそれでも構わないと何度も伝えてくれるから。そんなバイレッタが愛しいと微笑んでくれるから。

たまには勇気を出して、己の感情を吐露してもいいのかと思っただけだ。

「ご無事のお戻りで、何よりです。会いたかったですわ」

いつかの賭けで、決めた台詞を吐けば彼は目を丸くして声を立てて笑ったから。

バイレッタは俯けた顔のまま、同じように笑ってしまう。それは存外心地よくて、体の内を甘やかに満たしたのだった。

――その日の夜会より『スワンガン伯爵家の愛され妻』だなんて呼ばれることになりあまりの羞恥に心の中で転げ回ることになるなど、バイレッタは知る由もないのだった。

あとがき

こんにちは、久川航璃《ひさかわこうり》と申します。初めましての方もいらっしゃるのかな、その方たちは初めまして。

この度は本作をお手にとっていただきまして誠にありがとうございます。

そして、お待たせしました。こんなにお待たせするつもりは全くなかったのですが、なんですかね、季節が暑いですね。太陽が眩《まぶ》しいですね。なんでだろう、すごいミステリー。上巻っていつ出たんだっけとか頭が惚《ぼ》けました。時間が経《た》つのって本当に早いですね。（遠い目……）

ああ、本当に本当にすみませんでした！

お待ちいただいた方には感謝しかありません。心からの謝罪と感謝を捧《ささ》げます。

作者自身が活字中毒なくらいに熱烈な読書好きなので、本の続きが出ないって本当に苦痛だと思うんですよ。執筆妨げの諸事情あるとか言いたいけれど、別に体調悪くなったとか、どっか不幸があったとかはないんですよね。なんでこんなに時間が空いちゃったのかなあ。（遠い目２……）

なので、言い訳なしの、本気の謝罪です。ごめんなさい、お待たせしました！

こうして手にしていただけるだけで、感謝しきりです。ありがとうございます。

本作はネット小説に上げさせていただいたものの第二弾です。完全新作なので、ネットを読んでも同じ話はないんですけど、上巻でスパイ容疑をかけられた主人公のバイレッタが離縁するところで終わっているので、本当に心苦しく……。こうして続きを書かせていただき、下巻をお届けすることができてようやく胃痛から解放されるのかと思うとほっとしますね。

お付き合いくださった編集様には最上級の感謝を。こうして形になったのも編集様が根気強くお付き合いくださったおかげです。毎回とっちらかった話をなんとか綺麗《きれい》な形に仕上げてくれました。細やかな助言をいただきまして、素晴らしい修正のご提案には神業的な感動を覚えた次第でございます。

今回のテーマはとにかく嫌われ者のアナルドさんの地位向上を目指し、彼を苛《いじ》め抜《ぬ》いて好感度アップさせようというストーリー上どうすんの的な漠然としたものだったので、作者の無茶ぶりに寄り添っていただいた編集様にはもう頭を下げるしかありません。ありがとうございます。そしていつもイメージ通りのイラストを描いていただいているあいるむ様、この本に関わっていただいたすべての方々に、心からの謝辞を。

何より、お目に留めてくださった皆様にも重ねて、感謝を！

上巻以上にノリノリで執筆した挙げ句に、お気に入りキャラが増えました。どの子かは読んでいただければ伝わると思います。明らかに台詞《せりふ》が多くて、主役を押しのけてますので伝わるかもしれません。もちろん、しっかり主役二人も健在ですので、そこは安心していただければと思います。

そういえば、この下巻と同じ頃に本作のコミカライズも開始します。漫画は紬《つむぎ》いろと様に担当していただけます。小説とは本当に全然違うんですよ。ストーリーが大幅に変わるとかいうことはないんですけど、受け取り方が違うんですよね。あれ、そんなつもりなかったのになとか、作者自身目からウロコな新たな発見とか。それがとにかく、めちゃくちゃ楽しい。バイレッタさんは美人で見惚《みと》れちゃうし、アナルドは意外に表情動くんだなあと実感します。何よりお義父様《とうさま》が可愛《かわい》い。なんであんなにツンデレなんだ。デレないけれど、まじで笑えます。バイレッタとのやりとりも面白い。いつまでもニヤニヤしちゃう出来です。皆様もぜひ、お読みいただけたら、幸いです。

作者は今から楽しみで仕方がないです。早く本にならないかなあ。

そんなわけで世界が広がっている本作ですが、関わってくださった方々のおかげでとても素晴らしいものに仕上がっていますので、このストレス社会を生き抜く皆様の僅かでも娯楽の一助になれるように祈っております。

あ、そういえばもう一つ。ご好評をいただきまして、続刊も書かせていただくことになりました。バイレッタとアナルドのお話はまだまだ続きますので、この二人の行く末を見守っていただけると嬉しいです。次巻はぱっと出せるように頑張る所存です。こんなに長期間はあかないと思います、きっと！

最後になりましたが、世間では次から次へと煩雑なことが起こっておりますが、この本をお手にしてくださった皆様の心からの安寧を祈願して。

ここまでのお付き合い、本当にありがとうございました！

＜初出＞
本書は書き下ろしです。

◇◇メディアワークス文庫

拝啓《はいけい》見知《みし》らぬ旦那様《だんなさま》、離婚《りこん》していただきますⅡ〈下《げ》〉

久川航璃《ひさかわこうり》

2023年7月25日　初版発行
2024年8月20日　8版発行

発行者　山下直久
発行　株式会社KADOKAWA
〒102－8177　東京都千代田区富士見2－13－3
0570-002-301（ナビダイヤル）
装丁者　渡辺宏一（有限会社ニイナナニイゴオ）
印刷　株式会社KADOKAWA
製本　株式会社KADOKAWA

●お問い合わせ
https://www.kadokawa.co.jp/（「お問い合わせ」へお進みください）
※内容によっては、お答えできない場合があります。
※サポートは日本国内のみとさせていただきます。
※Japanese text only

※定価はカバーに表示してあります。

Printed in Japan
ISBN978-4-04-914643-1 C0193

メディアワークス文庫　https://mwbunko.com/

本書に対するご意見、ご感想をお寄せください。

あて先
〒102-8177　東京都千代田区富士見2-13-3
メディアワークス文庫編集部
「久川航璃先生」係

◆◇◇

軍神の花嫁

水芙蓉

**貴方への想いと、貴方からの想い。

それが私の剣と盾になる。**


「剣は鞘にお前を選んだ」

美しい長女と三女に挟まれ、目立つこともなく生きてきたオードル家の次女サクラは、「軍神」と呼ばれる皇子カイにそう告げられ、一夜にして彼の妃となる。

課せられた役割は、国を護る「破魔の剣」を留めるため、カイの側にいること、ただそれだけ。屋敷で籠の鳥となるサクラだが、持ち前の聡さと思いやりが冷徹なカイを少しずつ変えていき……。

すれ違いながらも愛を求める二人を、神々しいまでに美しく描くシンデレラロマンス。

メディアワークス文庫

ワケあり男装令嬢、ライバルから求婚される〈上〉
「あなたとの結婚なんてお断りです！」

江本マシメサ

既刊2冊
発売中!

“こんなはずではなかった！”
偽りから始まる、溺愛ラブストーリー！

利害の一致から、弟の代わりにアダマント魔法学校に入学することになった伯爵家の令嬢・リオニー。

しかし、入学したその日からなぜか公爵家の嫡男・アドルフに目をつけられてしまう。何かとライバル視してくる彼に嫌気が差していたある日、父親から結婚相手が決まったと告げられた。その相手とは、まさかのアドルフで——⁉

「さ、最悪だわ……！」

婚約を破棄させようと、我が儘な態度をとるリオニーだったが、アドルフは全てを優しく受け入れてくれて……？

メディアワークス文庫

月華の恋

乙女は孤高の月に愛される

灰ノ木朱風

**私に幸せを教えてくれたのは、
美しい異国の方でした——。**

士族令嬢の月乃は父の死後、義母と義妹に虐げられながら学園生活を送っていた。そんな彼女の心の拠り所は、学費を援助してくれる謎の支援者・ミスターＫの存在。彼に毎月お礼の手紙を送ることが月乃にとって小さな幸せだった。

ある日、外出した月乃は異形のものに襲われ、窮地を麗容な異国の男性に救われる。ひとたびの出会いだと思っていたが、彼は月乃の学校に教師として再び現れた。密かに交流を重ね始めるふたり。しかし、突然ミスターＫから支援停止の一報が届き——。
